나 자신과 친구 되기

Das
Gute
leben

나 자신과 친구 되기

좋은 삶을 위한 내밀한 사귐

클레멘스 제드마크 지음
전진만 옮김

책세상

차례

일러두기

1. 이 책에서 인용된 성경의 역문은 공동번역성서를 저본으로 하였다.
2. 들어가는 말에 실린 힐데 도민의 시 〈터널〉 전문은 역자가 번역하여 실었다.
3. 책은 《 》로, 신문과 잡지, 시, 영화 등은 〈 〉로 표시했다.

들어가는 말

자기 자신과 대화하면서 존댓말을 쓰는 사람이 있을까? 아마 없을 것이다. 영국의 엘리자베스 여왕도 자신에게 말을 걸 때는 존댓말이 아닌 반말을 사용할 것 같다.

'자기 자신과 친숙한 관계를 유지하는 것'은 평생 해야 하는 일이다. 그렇다고 해서 겁먹거나 주저할 필요는 없다. 자신을 공손하게 대하는 것이 분명 나쁜 일은 아닐 테고, 자신과 친밀한 관계를 맺는다고 해서 손해 보는 일도 아닐 것이다. 다만 다른 일과 마찬가지로 자신과의 친숙한 관계를 유지하기 위해 우리는 애정으로 자신을 대하고, 자신의 삶이 세상에서 유일하고 특별하다는 사실을 깨닫고, 자신의 내적 성장에 진지하게 관심을 가지며, 이를 성실하게 발전시키는 능력을 키워나가면 된다.

친구는 골라 사귈 수 있지만, 부모나 친척을 고를 수는 없다. 이처럼 가능한 선택과 불가능한 선택이 자신과의 친밀한 관계에서 의미가 있을까? 만약 있다면, 삶에서 자기 자신과 친구로 지낼 수 있는지를 스스로 선택할 수 있다는 말일까? 그건 분명 아닐 것이다. 우리는 본래 자신으로부터 멀어질 수 없으며, 따라서 자기 자신과 친밀한 관계를 맺는다는 것은 선택의 문제가 아니다. 이제 우리는 자기 자신과의 우정을 어떻게 쌓아가고 어떤 삶을 꾸려나갈지 스스로 결정해야 한다. 그리고 이를 위해 우리는 삶에서 무엇이 소중한지 자문해야 한다.

이 책은 삶에서 소중한 것을 좇는 자기 자신과 어떻게 하면 우정을 쌓을 수 있는지를 깊이 고민하고 있다. 아리스토텔레스는 우정을 세 가지로 구분하면서 그 가운데 최고의 우정은 함께 소중한 것〔선善〕을 바라보는 것이라고 말했다. 이와 마찬가지로 자기 자신과의 우정에서도 '스스로' '자기 자신을 위해서' 함께 소중한 것을 좇아야 한다. 문제는 소중한 것이 무엇인가 하는 것이다.

소중한 것을 좇으며 산다는 것, 다시 말해 소중한 것으로 삶을 채우며 산다는 것은 무엇일까? 힐데 도민Hilde

Domin[1]의 시 〈터널Tunnel〉은 다음과 같이 끝을 맺는다. "두려워 마 / 꽃이 필 거야 / 우리 바로 뒤에서"

Tunnel(터널)

Zu dritt(세 번째인가)

Zu viert(네 번째인가)

ungezählte, einzeln(아니면 그 이상이거나, 이하일 수도)

Allein(어쩌면 처음일 수도)

Gehen wir diesen Tunnel entlang(이 터널로 들어가보자)

Zur Tag-und Nachtgleich(낮과 밤의 길이가 같은 날에)

Drei oder vier von uns(우리 가운데 서너 명이)

Sagen die Worte:(이처럼 말을 한다)

"Fürchte dich nicht"("두려워 마")

Es blüht(꽃이 필 거야)

Hinter uns her(우리 바로 뒤에서)

아리스토텔레스와 힐데 도민의 말은 내 인생에서 중요한 이정표가 되었다. 두 사람은 내게 말했다. '두려워하지 마. 불안해하지도 마. 그렇다고 아무런 근심도 없이, 네 멋대로 살라는 말이 아니야. 괴로움과 혼란만을 야기하는 불안 속에서 살지 말라는 말이야.' 이것이야말로 소중한 삶이다. '우리 뒤에서 꽃이 피는 것'처럼 삶에는 언제나 새로운 희망이 자라기 때문에 두려워하거나 불안해하지 말고 살아가라는 것이다. 그래서 소중한 삶은 한 인간을 훌륭하게 만들어 다른 꽃과 열매를 맺게 한다.

자극을 주고 용기를 북돋워주고 수정까지 해준 아내와 이 책을 출간하기까지 애써주고 격려해준 티롤리아 출판사의 고트프리트 콤파처 씨에게 감사의 인사를 전하고 싶다.

깊이에는 고통이 수반하게 마련이므로 슬픔 없는 깊이란 있을 수 없다. 이는 사랑도 그렇고, 믿음도 그렇고, 사상도 마찬가지다. 속이 참 깊어 슬픔을 잘 아는 사상가이자 동료 교수인 오토 노이마이어Otto Neumaier에게 이 책을 헌정하고 싶다. 그와 나는 같은 생각을 지니고 있다. 그의 등 뒤에서도 꽃은 여전히 피어나고 있다.

잘츠부르크에서

1

잇사 그레이스

2014년 2월, 미국의 작은 도시에서 나는 아주 조그마한 아이를 가슴에 안았다. 태어난 지 겨우 8개월밖에 안 된 아이였고, 이름은 잇사 그레이스Issa Grace였다. 아이는 에드워즈 증후군을 가지고 태어난 아주 작은 피조물이었다. 선천적 기형으로 제 형체를 갖추지 못한 장기 때문에 아이는 똑바로 앉아 있지도 못했다. 24시간 내내 누군가 아이 곁을 지켜야 했고 많은 사람이 교대로 아이를 돌보았다. 2014년 3월 24일, 잇사는 세상을 떠났다.

잇사의 부모인 숀과 펠리시아는 세 남매 소피, 루시, 세이머스와 함께 추도사를 썼다. "잇사의 여행은 매우 짧았습니다. 그럼에도 불구하고 우리 막내의 짧은 여행은 수많은 의미로 채워졌으며, 특별한 방식으로 우리 모두의 가슴에 남아 있습니다. 잇사가 얼마 살지 못한다는 사실을 들었을 때부터 말입니다." 조그마한 아이가 이 세상에 머물렀던 기간은 단 290일뿐이었다. 아이는 2013년 6월 초 세상에 태어났고 의사들은 단 몇 시간밖에 살 수 없을 거라고 말했다. 그런데 아이는 첫날을 무사히 넘겼고 이튿날에도, 두 번째 달에도 생존했다. 하루하루가 기쁨이었다. 하지만 가족은 잇사의 죽음도 준비해야만 했다. 잇사가 여름을 보내지 못할 경우를 대비해야 했지만, 만에 하나 잇사가 여름을 넘기더라도 가족은 계속해서 핼러윈 데이, 성탄절, 연말을 함께 보내지 못할 경우도 대비해야 했다. 잇사는 하루하루가 마치 마지막 순간인 것처럼 생사를 넘나들었다. 그런데 놀랍게도 아이는 9개월 넘게 생존했다. 분명한 기적이었다.

넘어지지 않고 잘 앉아 있을 수 있도록 잇사를 붙잡아 주었던 일은 나에게 아주 특별한 경험이었다. 아이는 숨을 가쁘게 쉬고 있었고 겨우 미동만 할 수 있을 뿐이었다. 몸을 만지면 부서질 것처럼 약해 보였던 아이였지만 삶의 의지는 대단해 보였다. 그래서인지 몰라도 아이에게 호감이 갔다. 잇사를 붙들고 있었을 때 내 안에서 뭐라 설명할 수 없는 뭉클함을 느꼈다. '당신에게서 선한 것을 나오게 하는 그 무엇인가가 존재한다'라는 격언대로 그 무엇인가가 이 순간에, 이 순간을 위해 갑자기 나타난 듯했다. 아이를 보호하고픈 뜨거운 마음과 동시에 우러러보아야 할 것 같은 감정이 내 안에서 점점 커졌다. 의미심장한 일을 해야 할 것 같았고, 그 일을 해야 하는 이유를 굳이 댈 필요도 없을 것 같은 감정에 휩싸였다. 그 일이란 바로 잇사가 넘어지지 않고 앉아 있도록 계속 붙잡아주는 것이다. 그런데 과연 누가 누구를 붙들고 있는 것이었을까? 모를 일이었다.

강한 자가 약한 자를 붙잡고 있는 것일까? 아니면 반대로 약한 자가 강한 자를 붙들고 있는 것일까? 2015년 3월 나는 잇사가 세상을 떠난 다음 날 장례 미사에 참석했다. 그 자리에서 정기적으로 잇사를 붙잡아주었던 몇몇 사람을 만났다. 그들 모두가 잇사의 곁을 지키면서 마음이 평온해지고 자신이 변화하는 경험을 했다고 털어놓았다. 당연히 잇사는 자신이 얼마나 약한 존재인지 알고 있었을 것이다. 그러나 내가 보기에 잇사는 사실 강한 힘을 지니고 있었다. 단단하다 못해 경직되어버린 마음과 냉혹하게 변해버린 마음을 부드럽게 만드는 힘이 잇사에게 있었다. 또한 아이는 무자비하고 은혜를 베풀 줄 모르는 사람을 교화하는 힘뿐만 아니라 누구나 가지고 있을 법한 착한 마음이나 소중한 가치를 밖으로 끄집어내는 강한 힘도 지니고 있었다. 마치 성토요일(부활절 전날) 미사 때 낭독되는 유명한 구절에 등장하는 힘처럼 말이다. "새 마음을 넣어주며 새 기운을 불어넣어 주리라. 너희 몸에서 돌처럼 굳은 마음을 도려내고 살처럼 부드러운 마음을 넣어주리라."(에스겔 36장 26절)

이 성서 구절을 통해 잇사가 사람들에게 끼친 영향이 무엇이었는지를 어렵지 않게 알 수 있다. 잇사는 이 세계의 권력자들에게는 없는 힘을 가지고 있었다. 잇사는 삶에서 중요한 것이 무엇인지를 일깨워주었으며, 위대한 가치를 일러주었다. "삶에서 소중한 것은 무엇일까?" 나는 삶에서 소중한 것이 눈코 뜰 새 없이 바쁘게 움직이고, 높은 지위에 올라 많은 성공을 거두는 것이라고 생각하지 않는다. 에리히 캐스트너Erich Kästner[2]는 '인간이 행한 선 이외에 다른 선은 존재하지 않는다'라고 말했다. 그의 말은 '인간이 행하지 않는 선이란 있을 수 없고, 오직 인간이 허용한 선만 존재한다'라고 바꿔 말할 수 있을 것 같다. 이는 인간이 선한 것을 허용하기 위해서는 선한 것에 어느 정도의 공간을 허락해야 한다는 의미, 즉 자기 자신을 선한 것에 양보해야 한다는 뜻이다.

잇사는 선하고 소중한 것에 자신을 양보했다. 그래서

부모는 아이를 사랑한다는 것이 어떤 일인지를 경험할 수 있었다. 물론 조만간 아이와 이별할 수밖에 없다는 사실도 인지하고 있었다. 하루하루가 아이와의 마지막 날이 될 수 있다는 사실을 알고 있었기 때문에 잇사와 가족 모두 그날까지 잘 버틸 수 있었다. 잇사의 엄마 펠리시아는 예수의 말[3]을 인용하며 말했다. "우리는 아이의 마지막 날, 마지막 순간이 언제 올지 몰랐어요." 잇사의 가족은 그 순간을 준비하면서 하루하루를 특별한 날로 기념했다.

"잇사에게는 뭔가 신비로운 구석이 있었어요." 부모는 아이의 삶에 뭐라고 설명할 수 없는 수수께끼 같은 힘이 있었다고 말했다. "아이는 우리에게 선물이었어요." 잇사는 상상할 수 있는 그 이상의 선물이었다고 펠리시아는 말했다. 다시 말해 잇사는 커다란 아픔을 동반한 선물, 자신의 고통을 통해 우리에게 뭔가를 전해주는 선물, 이런 아이에게 건강을 돌려주지 못하고 결국 영원히 작별을 고해야만 하는 선물이었다. 잇사는 막냇동생을 힘겹게 바라보면서 고통을 함께 나눈 소피, 루시, 세이머스 남매에게도 선물이었다. 남매는 여름휴가뿐만 아니라 추수감사절, 성탄절에도 놀러 가지 못했다. 이들 역시 힘든 시기를 보내야만 했다. 아이들이 "이건 불공평해!"라고 말했을 때, 이들의 부모는 "맞아, 절대로 공평하지 않아. 하지만 한 사람을 사랑하기 때문에 치러야 할 대가가 바로 이런 것이란다"라고 일러주었다.

"이건 불공평해!" 이는 곧 잇사의 삶에 해당하는 말이다. 아이의 삶은 공평하지 않았다. 에드워즈 증후군에 걸린 채로 세상에 태어난 것도 모자라 무척이나 아파했다. 이는 시작에 불과했다. 잇사는 말하고 읽고 쓰거나 춤을 추고 노래를 부르는 이 모든 것을 배울 기회조차 얻지 못했다. 참으로 공평하지 못한 시간이었다. 하지만 잇사의 삶은 '공평함'이라는 척도로 결코 측정할 수 없는 깊이가 있었다. 아이의 삶은 '정의正義'보다는 '신비'에 가까웠다.

현대 정의 이론에서는 공정함이 핵심 개념으로 자리 잡았다. 이는 '공정한 관계'가 확립된 사회 위에 삶이 형성되어야 한다는 것을 지시하고 있는 셈이다. '페어플레이' 정신에 따라 진행되는 축구 경기에서 공평, 공정함이 분명하게 드러난다. 경기 내내 모든 선수에게 동등한 조건과 기회가 주어진다면 경기는 공정하다. '공정한/공평한'이라는 수식어는 '왜곡되지 않는' '분명한' '방해받지 않는' '정당한'으로 대체될 수 있다. 만약 두 개의 팀이 동등한 관계에서 자웅을 겨룬다면, 그리고 이 경기가 한쪽으로 치우치지 않은 제삼

자, 심판에 의해 유지되고 있다면 우리는 '공정함'이 어디에도 기울어지지 않았다고 말할 수 있을 것이다. 공정함이 견고하게 작동하기 위해서는 양자에게 동등한 대우가 전제되어야 한다. 공정함은 승부를 겨루는 시합에서, 즉 사람들이 경쟁하고 서로 동등하게 싸우는 공간에서는 매우 중요한 요소다.

공정함은 불문법, 성문법뿐만 아니라 일반법 제정에까지도 영향을 끼친다. 오스트리아의 축구 팬들은 2000년 8월 26일을 기억한다. 그날 오스트리아 빈 구단의 유니폼을 입은 크리스티안 마이르레프Christian Mayrleb는 브레겐의 카지노 스타디움에서 골을 넣었다. 하지만 그의 골은 불문不文의 페어플레이 정신에 어긋날 뿐만 아니라 축구 선수로서 그의 명예를 실추했다. 축구 경기에서는 다친 선수가 생기면 일단 공을 아웃시킨다. 그리고 경기가 재개되면 공을 상대 진영으로 넘기는 게 관례다. 그러나 마이르레프는 이 관례를 무시했다. 그는 공을 상대방에게 넘기는 대신 공을 낚아채고는 상대방 골문 앞까지 몰고 가서 골을 넣었다. 그의 행동은 같은 팀 선수들마저 어리둥절하게 만들었다. 당시 축구협회 사무총장은 페어플레이 정신을 훼손한 그의 행동에 격분하여 재경기를 명령했다.

공정함은 매우 중요하고 큰 가치를 지닌 개념이다. 사람들은 흔히 '공정함이 곧 정의'라고 생각한다. 그리 놀라운 일도 아니다. 공정함은 누구나 쉽게 이해하고 잘 설명할 수 있는 관심 주제다. 하지만 잇사의 삶은 다른 방식, 다른 언어로 이해해야 한다. 왜냐하면 잇사가 자신의 삶을 우리와는 다른 언어로 표현했고, 그 삶은 공정함의 개념으로 잴 수 없는 또 다른 차원의 의미를 담고 있기 때문이다. 여기서 우리는 벽에 부딪힌다. 해방신학으로 유명한 구스타보 구티에레스Gustavo Gutiérrez[4]가 욥에 관한 자신의 책《불의와 고난에서 하느님을 말하다*La verdad los hará libres: Confrontaciones*》에서 언급한 것과 유사하다. 욥은 하느님과 씨름하면서 억울함을 표현하지만 어떠한 답도 얻지 못한다. 더군다나 정의를 위해 싸운 자신의 몸부림에 대해 어떠한 위로도 받지 못한다. 구티에레스의 해석에 따르면 욥은 새로운 언어를 배웠어야 했는데, 그 언어가 바로 '신비'다. 이 언어는 우리가 공정함이나 정의와 같은 개념으로는 잴 수 없는 신비로운 차원의 언어다(이 언어는 포도원 일꾼의 비유와 유사하다. 포도원에서 일한 일꾼들의 노동시간이 각기 달랐음에도 불구하고 모든 일꾼은 동일한 임금을 받는다.[5]) 잇사의 삶은 신비 그 자체였고 우리에게 삶의 신비를 가르쳐 주었다.

잇사는 엄마 아빠에게 선물을 주고 떠났다. 잇사의 선물은 사람이 살면서 종종 다른 사람에게 의지해야 하므로 늘 겸손한 마음을 가져야 한다는 깨달음이었다. 다시 말해 잇사의 가족은 10여 명에 이르는 봉사자들의 도움이 없었다면, 정확히 말하자면 가족을 대신해서 요리와 청소를 하고 생필품을 구입하며, 잇사를 목욕시키는 사람들의 손길, 서로 교대하면서 잇사의 몸을 붙들고 있거나 진료 시간 동안 잇사의 언니, 오빠와 함께 시간을 보내는 사람들의 도움이 없었다면 버틸 수 없었을 것이다. 잇사의 짧았던 삶은 거창한 주장이나 논의와는 아무런 관련이 없다. 사람들은 어떠한 논리에 이끌려서 잇사와 가족을 도와준 게 아니라 그냥 도와주었다. 이것 역시 신비의 차원이다. 만약 사람들이 논리적인 토의를 거쳐 잇사의 삶에 개입하려 했다면 아마도 노력해봐야 아무런 소용이 없다는 결론에 도달했을 것이다. 여기서 중요한 것은 거창한 주장과 논의에 따른 자발적인 의무 수행이 아닌, 삶을 대하는 자세다.

영국 신학자 로완 윌리엄스Rowan Douglas Williams[6]는 한 논문에서 어떤 행동을 실행할 것인지를 결정하는 두 가지 방식을 기술했다. 첫 번째 방식에 따르면 가능한 행동의 목록을 전부 작성하고 각 행동의 장단점을 열거하는 것이다.

즉 어떤 행동을 할 수 있는지, 그 행동의 장점은 무엇이고 단점은 무엇인지를 적는 방법이다. 이 합리적인 방식은 정치와 경제 분야에서 결정을 내릴 때 유용하다. 한편 두 번째 방식과 관련하여 마르틴 루터Martin Luther가 했던 유명한 말이 있다. "비록 여기에 서 있지만 달리 어쩔 도리가 없습니다." 이 말은 우리가 선택의 문제 자체를 넘어서는 상황에 직면했을 때, 어떤 선택을 해야 할지 모를 상황으로 내몰릴 때가 있음을 보여준다. 그럴 때일수록 우리는 자신을 믿는 수밖에 없다. 잇사의 삶에서 이 두 번째 방식을 마주한다. 잇사의 부모는 아이를 낳아야 할지, 불치병에 걸린 아이를 계속 치료해야 할지를 놓고 저울질하지 않았다. 그들은 해야만 하는 일을 묵묵히 했다. 어쩔 도리가 없는 선택이었다. 잇사 부모의 결정은 논의의 대상도 아니고 선택의 문제도 아닌, 그저 그럴 수밖에 없는 일이었다. 이처럼 논의의 힘보다 신비로운 힘에 따라 행동을 선택하는 일은 우리의 삶에서도 종종 일어난다.

드디어 마지막 순간이 다가왔다. 2014년 3월 24일 밤에 잇사의 호흡은 전보다 더 느려졌고 더 희미해졌다. 숀과 펠리시아는 세 남매를 깨워 잇사의 침실로 갔다. 언니 소피가 잇사를 품에 안았다. 얼마 뒤에 잇사는 숨을 거두었다.

잇사의 부고가 실렸다. "잇사가 우리를 이끌었고, 많은 것을 가르쳐주었습니다." 잇사는 삶이 본래 무엇인지를 가르쳐준 선생님이었다. 이런 의미에서 1983년 9월 교황 요한 바오로 2세가 노인, 장애인, 환자 등을 보살피는 '자비의 집Haus der Barmherzigkeit'에서 행한 연설을 이해할 수 있다. 교황은 1981년 암살미수 사건으로 큰 수술을 받기도 했다. "병실은 배움이 있는 학교의 교실, 대학의 강의실과 전혀 다르지 않습니다." 병원에서 그리고 병실로 바뀌어버린 거실에서 생의 모든 시간을 보냈던 잇사는 어느 곳에서나 자신이 접촉했던 모든 사람에게 삶의 의미를 가르쳐주었다.

잇사는 세심한 눈으로 우리에게 약한 것의 힘을 가르쳐주었다. 이 가르침의 동력은 관찰 경험이다. 뉴욕 컬럼비아 대학의 교수인 레이철 애덤스Rachel Adams는 다운 증후군을 갖고 태어난 아들 헨리를 보살피면서 자신이 어떻게 변했는지 기술했다. 그녀의 아들은 세상의 무엇과도 바꿀 수 없고 이미 자신의 분신이 되어버린 존재였다. 안타깝게도 애덤스 교수는 자신에게 익숙한 지적 수단으로 아이를 대할 수 없었다. 또한 아이에게 사회관계에서 필요한 능력이나 성공을 기대할 수도 없었다. 그럼에도 그녀는 헨리를 통해 자신의 삶이 성숙해지는 경험을 했다. 당연히 그녀의 경험은 대학 강의실에서 얻을 수 있는 게 아니었다.

성숙의 기회는 삶에서 환영받는 손님이다. 하지만 잇사가 보여준 것처럼 성숙은 세상이 가져다주는 소중한 기회인 동시에 삶의 위협이 되기도 한다. 마르타와 존 벡은 사람들이 소위 명문이라고 칭찬하는 하버드 대학에서 박사학위 논문을 쓰고 있었다. 마르타가 아들 애덤을 임신했을 때, 애덤은 다운 증후군이라는 진단을 받았다. 청천벽력 같은 소식과 함께 또 다른 불운이 대학에서 날아왔다. "그게 고민할 문제인가?"라며 되묻던 지도 교수는 애덤이 태어날 경우, 논문 지도를 하지 않겠다고 통보했다. 왜냐하면 교수는 다운 증후군을 가진 아이가 마르타의 학문 연구와 경력에 방해가 될 것이라고 생각했기 때문이다. 그래서 교수는 학문에 열정이 없는 학생에게 자신의 시간을 허비하고 싶지 않다고 말했다. "하지만 난 아직 결정하지 않았다네. 또한 자네가 논문을 끝내길 내가 간절히 바라고 있다는 걸 잊지 말게나. 아직 태어나지 않은 미숙한 아이에게 신경 쓰지 말고 논문 작성에 집중하게."

세상 사람들은 세계 대학 순위 1, 2위를 다투는 하버드 대학을 입이 마르도록 칭찬한다. 만약 그런 소리를 직접 듣게 된다면 나는 애덤의 경우를 기억할 것이다. 또한 경력이나 공정함이 애덤(헨리와 잇사도 마찬가지로)과 상관없는 방향으로 흘러가는 것도 잊지 않을 것이다. 마르타와 벡의 경험 역시 공정함과 같은 척도로는 잴 수 없다. 아이의 엄마는 힘겹고 절망적인 나날을 보내면서 희망이 없는 막내아들의 언어 치료를 이어갔다. 그녀는 막내아들을 제외한 나머지 총명한 아이들에게 일렀다. 자신의 일을 스스로 하고 말썽 부리지 말고 얌전하게 있으라고 말이다. 당연히 아이들은 스트레스를 받았고 언제나 피곤해했다. 물론 그녀 역시 아이들에게 미안했다. 그래서 어느 날 그녀는 아이들에게 선물을 고르게 했다. 딸들은 사탕이나 초콜릿을 선택했다. 그런데 애덤은 뜬금없이 장미가 든 바구니에서 장미 한 송이를 골랐다. “너는 장미가 갖고 싶니?” 그녀는 막내아들에게 물었다. “장미는 맛있는 것도, 먹는 것도 아니야.” 애덤은 고개를 끄덕이며 장미를 갖겠다고 고집을 부렸다. 다음 날 아침에 마르타는 발소리에 잠을 깼다. 침실로 들어온 애덤의 손에는 장미 한 송이와 꽃병이 들려 있었다. 마르타는 놀랐다. 애덤이 꽃병이란 것을 알고 있을 줄은 꿈에도 생각하지 못했기 때문이다. 애덤은 침대 가까이 오더니, 그녀에게 장미가 든 꽃병을 건네주었다. “엄마, 여기.” 애덤은 크고 정확하게 말했다.

나는 이 얇은 책을 통해 삶에서 정말로 소중한 것이 무엇인지에 대해 고민하고 싶다. 잇사 그레이스는 언제나 우리와 동행한다.

②

삶을 살다

삶에서 소중한 것은 과연 무엇이며 어떻게 생겨날까? 조금 뒤로 물러나 질문을 하자면, 삶이란 과연 무엇일까?

삶에는 처음과 끝이 있으며 시간의 집합체인 하나의 생명체가 점유하고 있다. 우리가 만약 삶을 잃게 된다면 '생명의 기운'뿐만 아니라 세계를 변화시키는 힘도 상실하고 만다. 유대인의 창조 신화에서는 신이 인간에게 생기를 불어넣는다.[7] 신약 성서를 보면 부활한 예수는 제자들에게 숨을 불어넣어 성령을 받게 한다.[8] 생기라고 표현할 수 있는 생명은 "자신이 원하는 곳으로 흘러가는 바람"의 형상을 하고 있다. 또한 생명은 형상을 만들어내는 힘인 동시에 저항의 힘이기도 하다. 유명한 영국 작가인 C. S. 루이스Clive Staples Lewis[9]는 사랑했던 여인의 상실을 저항의 상실로 경험했다. 그에게 생명은 저항하는 힘이었고, 산다는 것은 저항을 실천하는 일이었다.

프랑스 작가 조르주 페렉Georges Perec[10]은 그의 기념비적 작품《인생사용법》에서 독특한 삶의 방식을 그려냈다. 그는 파리 17구 '시몽크뤼벨리에'라고 이름 붙인 거리에 11층 높이의 건물을 세웠다. 이 건물에는 방이 99개 있고 각 방에 살고 있는 세입자들의 군상이 99개의 장에 걸쳐 드러난다. 이 작품은 책의 부제가 암시하는 것처럼 소설의 형식을 빌리고 있다. 페렉은 수많은 인용과 암시를 능숙하게 다루면서 100여 개의 이야기를 들려준다. 그는 영락없는 언어의 마술사로, 'e'가 없는 단어만으로 320쪽에 달하는 소설《실종*La Disparition*》을 집필하기도 했다. 그런 그에게 삶이란 과연 무엇일까? 페렉은 그 답을 세입자들의 이야기를 통해 들려준다. 세입자들은 서로 아무런 관련이 없는 듯 보이지만 실상 서로 얽혀 있다. 이 큰 건물에서 벌어지는 사건은 불과 몇 분에 걸쳐 일어나지만, 이야기 구조가 수학처럼 정확하게 맞물려 있기 때문에 책의 주제를 이해하기가 절대 쉽지 않다. 퍼즐 맞추기가 이 소설의 핵심이다.

등장인물 중 하나인 부유한 영국 남자 바틀부스는 50

년 단위의 인생 계획을 세웠다. 10년 동안 그는 수채화를 배웠고, 그다음 20년간 세계 여행을 하면서 500개의 항구를 풍경화로 담아냈다. 이 풍경화는 바틀부스가 신중하게 선택한 업자에 의해 퍼즐 그림으로 정성껏 제작되었다. 그리고 바틀부스는 똑같은 검은색 상자 500개를 주문했다. 남은 20년 동안 그는 퍼즐을 맞춰서 500개의 풍경화를 완성해야 했다. 그가 정교하게 그려진 수채화 퍼즐을 모두 맞추면 퍼즐 풍경화는 물속으로 던져져 거의 흔적이 남지 않은 종이로 되돌아갈 것이었다. 정확히 20년 뒤에 말이다. 이것이 그의 빅 픽처였다. 하지만 이 계획은 완벽하게 실현되지 않았다. 왜냐하면 세월이 흐르면서 바틀부스의 시력이 떨어져 퍼즐 맞추기가 갈수록 힘들어졌기 때문이다. 그는 439번째 퍼즐을 마지막으로 맞춰놓고 숨을 거두었다. 그의 계획대로라면 이미 16개월 전에 모든 퍼즐을 다 맞췄어야 했다.

혹자는 말할지도 모른다. 삶이란 것은 본래 계산한 대로 정확히 맞아떨어지지 않고 흘러간다고 말이다. 철학 문헌에 '인생 계획Lebensplan'이라는 단어가 있다. 여기서 인생 계획이란 장기적인 의도인 동시에 삶의 전략과 같은 것으로, 개인의 소망과 노력을 삶에서 실현하는 것을 말한다. 미국 철학자 존 롤스John Rawls[11]는 실현 가능한 인생 계획을 세우는 것이 합리적 인간임을 나타내는 증표라고 말했다. 따라서 그에게 좋은 삶이란 합리적인 인생 계획이 성공적으로 실현되는 삶이다. 그렇다면 바틀부스의 인생 계획은 과연 합리적이었을까? 그는 10년 동안 수채화를 멋지게 그릴 수 있는 능력을 키웠고, 그다음에 스펙트럼을 넓혀 다른 능력(퍼즐 능력: 지구력, 인내심, 조합 능력, 관찰력)까지 계발해 인생의 계획을 실현하는 데 모든 정력을 쏟아부었다. 그의 열정은 마치 불교의 수도자를 떠올리게 한다.

페렉은 독자에게 넌지시 말한다. 삶이란 인간이 한 치의 어긋남 없이 완벽한 계획에 따라 살 수 있는 게 아니라고 말이다. 그런데 이렇게 말한 그가 소설 주인공 바틀부스를 그렇게 오랫동안 퍼즐 맞추기에 매달리게 한 이유는 또 무엇인가? 이것도 놀랍다. 왜냐하면 사람에게 건강상의 문제는 언제나 나타날 수밖에 없고, 어느 날 누군가를 사랑하게 될 것이고, 살면서 위기를 맞게 될 것이며, 시간이 지나면 공든 탑도 허무하게 무너져 내릴 수 있고, 시작한 일을 제때 완성하지 못할 수도 있기 때문이다. 또한 사랑했던 사람은 세상을 떠날 것이고, 실수하고, 좌절하고, 성공했다 하더라도 언젠가는 내리막길을 걸을 수밖에 없기 때문이다. 잇사 그레이스 가족도 예외는 아니었다. 잇사는 가족의 삶 전부를 뒤흔들어놓았다. 마르타와 존 벡 부부도 미리 정해둔 인생 계획을 고수했더라면 애덤 벡은 세상에 태어나지 못했을 것이다. 삶이란 항상 상상을 초월하기 때문에 우리를 혼란스럽게 만든다. 숨이 붙어 있는 동안에는 깨지고 쪼개지는 일이 빈번하게 일어난다. 동시에 그러한 일이 주변 환경과 자신을 연결해주는 다리가 되고 누구도 예상치 못한 안식처가 되기도 한다. 이것이 바로 인생이다. 오스트리아 철학자 루트비히 비트겐슈타인Ludwig Wittgenstein[12]이 삶의 다양성과 충만함에 관해 말했다. "우리는 단지 이렇게 말할 수 있을 뿐입니다. 인생이란 원래 그런 거라고 말입니다."

삶이란 우리가 예측할 수 있는 게 아니다. 삶은 마치 방문 앞에 앉아 있는 비둘기 한 마리 때문에 모든 일이 엉망이 되어버리는 것과 같다(파트리크 쥐스킨트Patrick Süskind는 자신의 소설 《비둘기》에서 이렇게 묘사한다). 국민 개개인의 미래를 전부 결정해주는 독재 정부가 있다고 상상해볼 수도 있다. 독재 정부는 아이들에게 학교나 직업, 심지어는 결혼 날짜를 비롯해 당사자의 의견을 묻지도 않고 일방적으로 인생의 반려자를 결정할 수도 있다. 하지만 이처럼 인생에서 중요한 날짜가 미리 결정되었다고 해도 인생이 미리 결정된 계획대로 흘러가지는 않는다. 앞서 언급한 쥐스킨트의 비둘기 한 마리 때문에 삶의 모든 것, 연애나 영감의 경험 등이 흐트러질 수도 있다. 철학자 페터 비에리Peter Bieri[13]는 파스칼 메르시어Pascal Mercier라는 필명으로 소설 《리스본행 야간열차》를 집필했다. 이 소설에서 그는 30년 이상 라틴어, 그리스어 선생님으로 안정적인 삶을 살다가 어느 날 문득 판에 박힌 일상으로부터 벗어나고 싶어하는 라이문트 그레고리우스를 기차에 태운다. 그레고리우스는 복잡한 심정으로 노트에 '과거로 떠나는 여행'이라고 적고서는 리스본으로 여행을 떠난다. 그레고리우스는 평범한 삶에서 벗어나 완전히 다른 삶 속으로 뛰어든다. 그의 인생 계획은 용해된 것도 모자라 증발되어버린다.

'인생 계획'은 현실이다. 혹자는 페렉의 소설 속 주인공 바틀부스가 인생 계획을 세워놓고 완성하지 못하고 죽었으므로 그의 삶은 실패하지 않았느냐고 말할 수도 있다. 하지만 다른 관점에서 살펴보자. 평범한 것, 눈에 보이는 것에 관심이 많았던 페렉은 비범하고 특별한 것을 끄집어낼 줄 알았다. 그의 관찰에 따르면 모든 인간에게는 삶의 깊이가 있고 그 속에서 인간은 타인을 깊이 있게 만난다. 각자의 삶에 깊이가 있다면 모든 만남 역시 깊이가 있고 의미가 있다. 페렉의 동료이자 작가인 레몽 크노Raymond Queneau[14]는 《문체연습*Exercices de style*》에서 파리 시내를 돌아다니는 버스에서 일어난 매우 사소한 사건을 99가지 문체로 묘사한다. 그는 다양한 관점에서, 각기 다른 스타일로, 말하자면 소설, 서신, 꿈, 예언의 형식으로 또는 은유적으로 사건을 전개한다. 그래서 평범한 사건이 특별해진다. 글쓰기 연습에 필요한 이 방식은, 특정한 경험을 풀어낼 때 유용하다. 그리고 폴란드 출신의 소아과 의사이자 보육원 원장인 야누시 코르차크 Janusz Korczak[15]는 아이를 이해하고 싶다면 특정한 사건을 깊이 생각해보라고 말한다. 아이가 어떤 상황에서 그런 행동을 했을까? 왜 그랬을까? 아이가 그렇게 말한 이유는 무엇일까? 코르차크가 아이에 대해 이런 질문들을 가정했다는 사실은 의미심장하다. 왜냐하면 이런 그의 태도가 현상을 관찰하는 탁월한 능력으로 유명한 프랑스 곤충학자 장 앙리 파브르를 존중했다는 사실을 쉽게 이해시켜주기 때문이다. 아무리 사소한 사건이라도 그 안에는 많은 의미가 담겨 있다. "훌륭한 교육자는 아주 작은 사건이라도 깊이 생각해보는 일이 아이를 이해하는 데 얼마나 도움이 되는지 알고 있습니다. 아이들의 문제는 사소한 사건에 숨겨져 있습니다." 여기서 말하는 작은 사건은 퍼즐 맞추기에서 작은 조각 하나가 가지는 의미와 같다.

페렉은 퍼즐 맞추기를 삶에 적용한다. 그런데 이것이 삶이란 대체 무엇인가라는 질문에 적합한 답이 될 수 있을까? 각 개인의 인격은 삶에서 만들어진 모든 것에 의해 형성된다. 말하자면 병원 침실에서 밤새도록 뒤척일 때, 나중에 후회하게 될지도 모를 분노를 표출하는 순간에, 애정 어린 손길로 쓰다듬는 것을 느낄 때, 여행의 첫발을 내디딜 때, 모험을 마치고 집으로 돌아오는 길에서, 소중한 것을 잃어버려 슬픔을 느끼는 순간에 우리의 인격은 형성된다. 또한 이 모든 것이 삶을 만들어가기도 한다. 이때 일정한 규칙이 나타나고 삶의 기본적인 특성이 나타난다. 이제부터 삶의 여섯 가지 기본 특성을 열거하고자 한다.

나의 시작이 없는 삶

내 인생의 시작점에 나는 없었다. 이 말은 내 인생의 시작, 즉 잉태와 출산의 순간이 없었다는 의미가 아니다. 나의 생명이 생겨나는 순간에 내가 존재하지 않았으며, 그렇기에 나의 삶은 나에 의해 시작되지 않았다는 의미다. 다시 말해 나는 피조물로서 누군가에 의해 창조된 생명이라는 뜻이고, 나아가 자기 자신으로부터 시작되지 않은 생명을 나 자신이 소유하고 있다는 것은 내가 나의 생명을 넘어선 다른 어떤 존재에 속해 있음을 보여준다. 간단히 말하자면 나를 넘어선 다른 존재 없이는, 가령 부모 없이는, 나 역시 존재할 수 없다는 뜻이다. 이 의미는 삶의 토대가 '내가 노력해서 얻은 결과물'이 아니라 '선물 받은 것'임을 가리킨다. 바로 이 점에서 삶은 선물이자 다른 존재로부터 받은 것이라는 상징과 연관된다. 선물로 받은 삶은 기본적으로 감사함으로 응답하라고 요구한다. 또한 이 삶은 더불어 산다는 것, 삶을 소유한다는 것, 살아 있나는 것이 당연한 것이 아니라는 사실도 인지하라고 요구한다.

유일한 삶

"모든 인간은 유일하다."

나는 이 말을 자주 듣고 접했으며 나 역시 종종 언급했고 여기에서도 인용하고 있다. 그런데 이 말이 진정으로 의미하는 바는 무엇일까? 모든 인간은 자기 식대로 세상을 바라보고, 자기의 바람대로 세상이 자신을 판단해주기를 원한다. 또한 내가 타인을 바라볼 때 나는 나만의 시선과 언어로 그를 바라본다. 그러고는 자연스럽게 '친절한, 인내하는, 냉혹한'과 같은 인격을 나타내는 언어나 개념을 사용한다. 그렇지 않으면 타인을 형용할 수 없기 때문이다. 물론 같은 언어나 개념이 모든 인간에게 동일하게 적용되지는 않는다. 처남 요제프의 친절함이 내 막내아들 요나단의 친절함과는 다른 것처럼 말이다.

모든 인간은 유일하다는 말은 다음과 같이 설명할 수 있다. 인간이 세상 밖으로 나와 타인을 만나 관계를 맺고, 그 관계 안으로 들어갈 때 비로소 유일한 존재가 된다. 즉 인간은 태어날 때부터 유일한 존재가 아니라 세상으로 나아가 타인을 만나고 관계를 맺고 쌓아갈 때 비로소 유일한 존재가 된다. 그렇기 때문에 모든 인간은 역사와 세계의 새로운 시작점이 될 수 있다. 이와 관련하여 독일 철학자 한나 아렌트Hannah Arendt는 '생성Natalität' '선천성Gebürtlichkeit'이라는 개념을 강조했다. 이 개념은 새로운 것이 각각의 인간과 함께 시작되고, 각각의 인간과 더불어 새로운 역사가 시작된다는 것을 가리킨다. 그녀의 통찰에는 자유가 있다. 다시 말해 삶을 평가하는 결정적인 도구로 이용되는 '비교'로부터의 자유가, 각자의 유일성을 드러내는 자유가 깃들어 있다.

이마누엘 칸트Immanuel Kant는 이와 다르게 말한다. 그는 자신의 윤리학을 보편화 가능성의 관념die Idee der Verallgemeinerbarkeit 위에 세운다. "모든 사람이 정언명령을 따른다면 어떻게 될까?" 이 질문이 칸트 윤리학의 핵심이다. 그의 윤리학은 초인격적인 관점에 집중되어 있고 보편적인 기본 원칙을 강조한다. 하지만 윤리적인 핵심 질문은 완전히 달라질 수 있다. 만약 내가 정언명령을 따르지 않는다면 문제가 생길까? 만약 정언명령에 따라 살지 않는다고 해도 일어날 일은 어차피 일어나고, 일어나지 않을 일은 일어나지 않는 게 아닐까? 아마도 삶의 명령은 이 질문을 파고드는 것일 수도 있다. 그래서 "한 개인의 관점", 즉 대체될 수 없음과 유일함이 수면 위로 떠오른다고 말할 수 있을 것이다.

장모님 댁 거실에서 있었던 에피소드 하나가 생각난다. 성탄절을 계기로 장모님의 자식 5명과 손주 17명이 모였다. 장모님은 마치 떠들썩한 시장판 한가운데에 앉아 계시는 것 같았다. 장모님에게 말했다. "장모님이 계시지 않았다면 이들도 없었을 거예요. 이미 알고 계시겠지만 말입니다." 만약 누군가가 우리의 대화를 듣고 있었다면 장모님의 지난 세월을 기념해야겠다고 생각했거나 그녀의 삶에서 뿜어져 나오는 신비한 아우라를 보았을지도 모른다.

유일함에 대한 생각은 개인의 삶의 명령과도 관계가 있다. 존 헨리 뉴먼John Henry Newman[16]은 이렇게 적었다. "하느님은 나를 창조하셨습니다. 제가 특별한 사명을 이행하도록 말입니다. 하느님은 누구도 생각하지 못한 소명을 제게 맡기셨습니다. 저는 이 소명을 아마도 이번 생에서 몰랐을 수도 있었습니다." 인류의 보편적인 상, 즉 각각의 인간이 유일하고 포기할 수 없는 사명을 수행해야 한다는 의무라는 게 만약 존재한다면, 경외심을 불러일으키는 무엇인가가 각자의 삶 앞에 놓여 있을 것이다. 당연히 잇사의 짧은 삶에서도 특별한 사명이 있었을 것이고, 그 조그마한 아이는 자신의 사명을 충실히 이행했다. 여기서 다음과 같은 중요한 질문을 던질 수 있다. '내가 죽어 이 세상에 더는 존재하지 않는다고 해도, 여전히 나의 것이 남아 있다면 그것은 과연 무엇일까?'

재단될 수 없는 삶

인간의 삶은, 비록 그렇지 않을 때도 있지만, 유일한 존재라는 이유로 풍성하고 다채롭다. 놀랍게도 우리는 살면서 자기만의 삶의 자리를 마련하고, 자신의 삶을 대변할 수 있는 명구를 발견하고 기억에 남을만한 경험을 쌓아간다. 인간의 삶은 다채로운 동시에 결코 삶의 밑바닥이 보일 때까지 모든 것을 퍼낼 수 없는 깊이를 갖고 있다. 여기서 '퍼낼 수 없음'은 삶의 유일성과 연결된다. 말하자면 "한 개인은 파악될 수 없다Individuum est ineffabile"는 중세 신학의 문장은 한 개인이 만들어낸 모든 것을 열거할 수도, 분석할 수도 없음을 가리킨다. 왜냐하면 분석할 수 있다고 해도 분석하는 사이 인간은 변하기 때문이다.

놀라운 점은 인간이 험난한 삶을 헤쳐나간다는 사실이다. 예를 들어 88세의 영국인 우나 크롤Una Kroll은 자신의 자서전 《돌 대신 빵을*Bread not Stone*》에서 절대로 평범하지 않은, 험난했던 자신의 삶을 뒤돌아본다. 그녀는 4개국을 돌아다니면서 유년기를 보냈다. 의사가 된 후에 영국 성공회에 입교하여 환자를 돌보는 선교사로서 수련기를 보낸 다음, 아프리카 서부에 위치한 라이베리아로 떠났다. 하지만 단지 여자라는 이유와 민간요법을 중시하는 그곳의 풍토 때문에 곤욕을 치렀다. 고위 성직자이자 라이베리아 감독인 레오폴드 크롤은 우나 크롤과 지역 주민 간에 중재자로 나섰다가 그녀와 결혼했다. 이들의 결혼 소식으로 분노한 영국 성공회는 레오폴드가 죽을 때까지 두 번 다시 요직을 맡기지 않았다. 그래서 네 아이의 엄마인 우나 크롤이 가족의 생계를 책임졌다. 다행히 그녀는 웨일스 교회의 첫 여성 성직자로 임명되었다. 하지만 여성 활동가로도 일했기 때문에 그녀는 늘 교회와 갈등을 빚었다. 남편이 사망하고 궁핍과 외로움으로 여러 해를 보낸 그녀는 결국 천주교로 개종했다. 지금은 명상을 하면서 여생을 보내고 있다. 이 모든 것이 한 인간의 삶에 자리 잡고 있다. 정말로 놀랍지 않은가! 우나 크롤은 자신의 책에서 자신이 매우 연약했던 결정적인 순간, 혼란에 빠졌던 순간 등 여러 인상적인 경험을 묘사한다. 비록 성급한 결론이겠지만 그녀의 삶에는 '무상함'이 묻어난다. 그렇다고 다른 사람이 함부로 재단할 수 있는, 그렇고 그런 삶을 산 것은 결코 아니다.

누구도 타인의 인생을 판단할 자격이 없다. 이는 존 윌리엄스John Edward Williams[17]의 유작이자 큰 성공을 거둔 소설 《스토너》에서 명확히 나타난다. 여기서 윌리엄스는 가난한 농부의 아들로 태어난 윌리엄 스토너의 삶을 묘사한다. 스토너는 대학에서 영문학 강사가 되어 부모에게서 독립한다. 그 후 불행한 결혼생활을 이어가지만, 학자로서 무난한 삶을 살아간다. 물론 자신이 평범하다는 것도 그는 잘 알고 있다.

종양으로 고생한 적도 있지만 남부끄럽지 않은 삶을 살아간다. 그렇다면 스토너는 성공한 삶을 살았는가? 아니면 그의 삶은 실패인가? 다시 한번 삶의 척도를 살펴보자. 삶은 재단될 수 없다. 또한 삶은 어떤 궁극적인 기준으로부터도 벗어나 있다. 잇사 그레이스의 삶도, 비록 몇 개월밖에 살지 못했어도, 역시 재단될 수 없다. 그 이유는 잇사가 신비스러운 삶을 살았기 때문이고 아이의 삶이 계속해서 사람들에게 영향을 주기 때문이다.

혈기가 왕성한 삶

생명이 살아 있음을 나타내는 특징 중 하나는 혈액 순환이다. 만약 혈액이 몸속에서 순환하지 않는다면 인간의 삶은 멈추고 만다. 삶은 혈액의 움직임에 달려 있다. 그런데 일상에서는 혈색이 좋지 않다거나 혈기가 부족하다고 말하기도 하고, 나아가 생기가 없다, 삶이 공허하다, 무미건조하다, 삭막하다고 이야기하기도 한다.

누군가를 사랑하는 사람의 심장은 빠르게 뛴다. 이는 혈기가 왕성하다는 증거다. 나는 아내에게 처음으로 전화를 걸었던 내 모습을 기억한다. 떨리는 손으로 전화번호를 눌렀고, 심장이 터질 것처럼 빨리 뛰었고, 사랑 때문에 내 삶은 완전히 새롭게 변했으며 생기가 넘쳐났다.

혈액 순환이 잘 되는 삶, 혈기가 왕성한 삶 역시 상처입기 쉽다. 혈액이 순환하고 있기 때문에 행여 다치기라도 하면 혈액이 몸 밖으로 흘러나온다. 그래서 상처 하나 없이, 피를 흘리지도 않고 혈기가 왕성한 삶을 산다는 것은 불가능하다.

니콜라스 월터스토프Nicolas Wolterstorff[18]는 1983년 6월 11일 한 통의 전화를 받았다. 25살인 그의 아들 에릭이 오스트리아 알프스산맥을 등반하다가 조난해 사망했다는 소식이었다. 월터스토프는 아들을 잃은 상실감을 자신의 책《나는 사랑하는 사람을 잃었습니다》에서 털어놓았다. 아들 사망 이후, 25년간 가졌던 가족 모임에 누군가는 항상 불참했다. 여기서 아들로부터 더 이상 피가 흐르지 않았고 집안의 혈통이 끊어졌다. 그렇다고 해서 사고 이전으로 시간을 되돌릴 수는 없다.

인간의 삶 가운데에는 되돌릴 수 없고 만회할 수도 없는 일회적인 경험들이 있다. "이전과 똑같은 사건은 반복되지 않는다"라는 말은 우리의 마음을 아프게 한다. 왜냐하면 사실이기 때문이다. "절대 되돌릴 수 없다"는 것은 어린아이이건("사춘기에 접어든 아이는 귀여운 어린 시절로 되돌아갈 수 없다") 에릭 월터스토프의 경우이건(아들이 살아 있는 시간으로의 회귀) 모두에게 가장 아픈 사실이다. 만회할 수 없다는 것도 가혹하고 냉혹하다. 니콜라스 월터스토프는 차갑고 딱딱하게 굳어버린 아들의 장례를 치를 때 얼마나 소스라치게 놀랐는지 묘사한다. 아들의 몸 어디에서도 온기와 탄력을 찾아볼 수 없었다. 우리가 보았듯이 '혈액'뿐만 아니라 '호흡'은 살아 있음을 나타내는 표상이다.

왕성한 혈기는 삶을 유지하는 데 중요할 뿐만 아니라 우리 삶에 상처를 입히기도 한다. 살면서 상처받을 수 있다는 사실은 내게 의미가 있고 또한 아름다울 수 있는 것과의 만남을 주선하기도 한다. 그래서 인간의 상처는 의미와 변화를 인간의 삶 안으로 밀어 넣는 일종의 선물로 생각될 수 있다.

타인의 삶에 나를 새기다

내 인생이 타인의 삶에 어떤 인상을 심어주기도 한다. 나는 가끔 엉뚱한 상상을 한다. 내가 죽어 신 앞에 섰을 때 내가 걸어온 삶이 타인의 삶에 어떤 인상을 심어주고 어떻게 각인되었는지를 영상을 통해 보게 된다면? 나는 내가 한 행동을 변명하느라 진땀을 흘릴 것이다. 또한 행동이 어떤 이유에서 비롯되었는지, 어떤 결과를 초래했는지를 신과 함께 보는 상상을 하기도 한다. 내 인생에 생각지도 못한 깨달음도 있을 테지만 화가 나서 한 행동이나 직업상의 결정, 타인과의 만남도 있을 것이다. 이 모든 것이 타인의 삶에 영향을 끼쳤고 앞으로도 계속 그럴 것이다. 만약 초등학교 교사가 한 아이에게 '너는 멍청하고 재능이라곤 눈곱만큼도 없어'라고 말했다고 상상해보자. 그러면 아이에게 어떤 일이 일어날까? 어떤 아버지가 바람이 나서 다른 가정을 꾸리려고 어머니를 떠났다고 가정해보자. 이 안타까운 가정사가 한 인간의 삶에 어떻게 작용할 것이며, 그 의미는 무엇일까? 만약 아이가 에드워즈 증후군을 가지고 태어나 가족의 품에서 단 몇 개월밖에 살지 못한다면 가족의 심정은 어떨까? 어느 날 아무 생각 없이 던진 돌에 지나가던 개구리가 맞는 장면을 생의 마지막에 볼 수 있을지도 모른다고 나는 상상한다. 그럴 때 우리는 소스라치게 놀라거나 무심히 돌을 던진 자신을 부끄러워할지도 모른다.

심판의 날이 언젠가는 도래할 것이라는 성서 구절이

사실이라면 신 앞에서 우리는 무심히 내뱉은 말을 해명하거나 변명해야 할 것이다. 다시 말해 한 번 입 밖으로 나온 말은 다시 주워 담을 수 없고, 한 번 일어난 일은 이전으로 되돌릴 수 없다는 의미다. 이는 미치 앨봄Mitch Albom[19]의 저서 《천국에서 만난 다섯 사람》에서 잘 드러난다. 우리 삶에서 중요한 역할을 한 사람은 누굴까? 우리는 누구의 삶에 영향을 끼쳤을까? 그리고 사람들의 삶을 옮겨 다니는 이러한 '각인'은 나중에 어떤 결과를 초래할까?

우리는 각자 자신의 삶을 산다. 그러면서 우리는 타인의 삶에 무엇인가를 각인시키고 동시에 타인은 우리의 삶에 뭔가를 새겨 넣는다. 삶을 깊게 생각할 때 중요한 것이 있다. 다름 아닌 자기 인생에 각인된 것이 무엇인지를 추적하는 일이다. 결정적 만남과 중요한 순간은 언제였고, 자신에게 영향을 끼친 사람이 누구였을까?

20세기 가장 유명한 영적 자서전 중의 하나가 바로 토머스 머튼Thomas Merton[20]의 《칠층산》이다. 1948년에 출판된 이 책은 그가 1946년 켄터키주 겟세마네 수도원의 신부로 부름을 받은 과정을 그리고 있다. 그때 머튼의 나이는 33살이었다. 머튼은 이 책에서 트라피스트회 수도원의 입교 과정을 이야기하면서 심오한 통찰을 전해준다. 그의 통찰에 따르면 한 인간의 삶은 사회적 접촉 관계 안에서 형성되고 서로에게 영향을 주고받는다. 또한 누구도 자기 자신만을 위해 살 수 없고, 혼자 살 수도 없다. 수많은 사람의 운명이 한 인간의 삶으로부터 영향을 받기도 하고, 그중에 어떤 사람들은 멀리서, 어떤 사람들은 지근거리에서 직접적으로 영향 받는다. 머튼은 스승 마크 반 도렌Mark van Doren에게 많은 영향을 받았다. 추측건대 도렌이 셰익스피어 세미나에서 머튼에게 삶에서의 실존적인 문제들을 이해시킨 것 같다. 왜냐하면 머튼이 우정을 성령의 활동 수단으로 묘사했기 때문이다. 어쨌든 머튼에게 삶이란 “내가 타인의 삶에 뭔가를 새기고 타인의 삶이 내게 무엇인가를 각인시키는 것”이다. 머튼은 나중에 20세기 가장 영향력 있는 수도사가 되어 사람들의 의견과 주장에 많은 영향을 끼쳤다.

외부에서 볼 때 눈에 잘 띄지 않는다고 해도 한 인간의 삶이 타인의 삶에 각인시키는 역동성은 모든 인생에 작용한다. 잇사 그레이스도 많은 사람에게 감동을 줬고, 내 장모님의 삶 역시 자신의 험난한 ‘인생파도’를 타면서 곧 태어날 증손주에게까지 이어왔다.

삶은 열려 있다

내 삶의 시작점에 나는 없었다. 삶의 시작점에 내가 없고, 타인에 의해 내 삶이 시작된다는 것은 삶이 열려 있다는 것을 의미한다. 즉 내가 죽는다고 해서 나의 삶 역시 이 세상에서 사라지는 것이 아니다. 잇사의 삶도 마찬가지로 죽음으로 끝난 것이 아니라 잇사 자신을 넘어섰다. 이런 삶의 개방성은 한 인간이 타인의 삶에 미치는 힘이 죽음으로 끝나지 않는다는 것을 가리킨다. 5년 전에 돌아가신 아버지의 죽음은 남은 자식들과 함께 임종을 지켰던 단 한 번의 순간으로 끝나지 않았다. 언제나 다시금 나를 찾아온다. 내가 세상에 태어났을 때 아버지의 연세는 50세였다. 내가 그때의 아버지 나이가 되어 깨달은 점이 있다. 인간의 삶은 자기 자신을 넘어 타인에게 영향을 끼치기 때문에 우리가 죽었다고 해서 우리의 삶이 이 세상에 흔적도 없이 사라지는 게 아니라는 것이다. 즉 인간의 삶에 궁극적인 종말은 없다. 우리 인간의 삶은 열려 있다.

'삶은, 비록 부분적이지만, 계속 이어질 수 있다'는 생각, 삶은 신의 손안에 있다는 생각은 어쩌면 사실일지도 모른다. 토머스 머튼은 이런 삶의 개방성을 성당에 나가야겠다고 느꼈을 때 경험했다. 지금 생각해보면 머튼은, 비록 검증할 수는 없지만, 결국 신의 보호를 받고 있다는 사실에 승복하고 만 것이다. 그는 늘 신의 섭리 개념을 말한다. 그는 양심의 목소리를 자신이 아직 도덕적으로 죽지 않았음을 나타내는 표식으로 생각했고, 밤새 술을 마신 뒤에 새벽에 나가는 노동자를 보았을 때 느꼈던 죄책감으로 해석한다. 이렇듯 삶은 다른 무언가에 열려 있다. 머튼은 자신의 삶에서 신비적인 차원이 존재하고 있음을 매번 언급한다. 그는 아버지가 돌아가신 후에 일 년간 로마에 있었다. 그때 그는 마치 아버지가 여전히 살아 계시며 집 안에 머물러 계신다는 느낌을 받았다. 이런 경험이 쌓여 머튼은 생전 처음 기도를 했다고 말한다. 이렇게 그는 신비적 차원에서 경험한 삶의 개방성을 설명한다.

이뿐만 아니라 삶의 개방성은 삶의 시작과 끝에 대한 질문의 대답에 어떠한 '증거'도 존재할 수 없음을 지시한다. 또한 삶의 개방성은 삶에서 낯선 어떤 것이다. 그런데 이 낯선 어떤 것은 성서에서 예수가 부활하여 다시 나타났을 때 낯선 사람으로 기술되는 것과 연관된다. 막달라 마리아는 생전에 예수를 잘 알고 있었지만 부활한 그를 알아보지 못하고 정원사로 착각했다. 예수는 그녀에게 "나를 만지지 말라"고 말한다. 또한 성서에서 나타난 삶의 개방성은 '열린 하늘'이라는 모티브로 나타난다. 야곱의 꿈에서 하늘이 열리고 천사가 오르내리는 장면이 나오는 창세기에서, 예수가 세례를 받고 하늘이 열리는 장면에서, 스테파노의 순교와 베드로의 정결에 관한 비전을 보여주면서 하늘이 열리는 장면에서 나타난다. 열린 하늘 모티브는 내세로부터 우리 현실로 들어오는 것이고, 세속과 천상이 완전히 분리되어 있지 않다는 것을 가리킨다.

때때로 우리는 특별히 은혜를 받아 평범한 삶을 뛰어넘는 사람을 만난다. 그 가운데 기도의 능력과 권위를 중요하게 여겨 '기도하는 하이드'로 유명한 인도 선교사, 존 넬슨 하이드John Nelson Hyde가 있다. 그는 말할 것도 없이 경건하고 마음을 다해 힘 있게 기도하면서 자신의 힘을 잃지 않는 사람이었다. 우리 삶의 개방성은 기도를 영혼의 호흡으로 여기는 사람에게서 명확하게 보인다. 그런 사람에게서 하늘이 열리는 것을 보게 될 것이다.

비록 우리 삶의 시작에서 어떠한 영향력도 발휘할 수 없더라도, 우리는 유일한 존재로서 혈기가 왕성하고, 타인의 삶에 자신을 각인하고, 누구도 재단할 수 없고 개방된 삶을 살기 위해 노력한다. 이런 삶은 목록이나 요령으로 설명될 수 없는 넓이와 깊이를 갖고 있다. 삶에서 소중한 것을 찾는 노력은 그 때문에 짧은 시간 안에 완성될 수 없다. 소중한 인생을 찾는 노력은 인생 전반에 걸쳐 수행해야 하는 과제로, 완성 자체가 굉장히 어렵다. 하느님의 나라가 '여기 있다, 저기 있다'라고 말할 수 없는 것처럼 소중한 삶도 '이것이다, 저것이다'라고 말할 수 없다. 더군다나 소중한 삶을 찾는 노력이 당연히 잘 될 거라는 그 어떤 보장도 있을 수 없다.

3

삶의 깊이

소중한 것을 찾는 삶은 중요하고 올곧은 것을 찾는 삶과 같다. 소중한 것은 삶뿐만 아니라, 어쩌면 고통과 죽음에도 유익할 수 있다. 또, 소중한 것은 더 이상 다른 소중한 것을 찾지 않아도 되는 행동의 근거가 된다.

어떤 사람이 나의 어떤 행동을 보고 "왜 그렇게 하셨죠?"라고 묻는다고 가정해보자. 그의 질문에 내가 "아내를 사랑하기 때문이지요"라고 대답한다면 그는 더 캐묻지 않을 것이고 계속해서 나를 추궁하지도 않을 것이다. 그리고 소중한 것은, 가령 아내를 향한 나의 사랑은 내가 삶에 기뻐하고 감사해야 하는 근거를 준다. 이 소중한 것은 보다 좋은 삶을 살기를 바라는 사람에게 유익하다. 어떤 사람들은 함께 노래하는 합창을 소중히 여긴다. 그들은 "합창이 없는 제 인생을 상상할 수가 없어요"라고 말할 것이다. 그들에게 합창은 기꺼이 돈을 지불할 만한 가치가 있는 것이다. 그렇다고 다른 사람 모두가 합창을 경험해봐야 한다는 소리는 아니다.

우리는 소중한 것을 갖기 위해 기꺼이 돈을 지불한다. 이 말은 곧 소중한 것에 대가를 지불할 준비가 되어 있고, 기꺼이 희생할 준비를 하고 있다는 의미다. 내가 소중하게 여기고 사랑하는 것은 어떠한 형태로든 내 삶에 존재한다. 또한 우리는 중요하다고 여기는 것과 관계를 맺고자 노력한다. '소중한 삶'은 잘 사는 인생과는 다르다. 소중한 삶은 내가 올바르고 중요하다고 생각하는 것을 내 것으로 삼아 그것에 따라 삶을 계획하고 사는 것이다. 그렇기 때문에 우리는 인생에서 올바른 것과 중요한 것이 무엇인지를 물어야 한다.

비트겐슈타인은 놀이의 규칙과 재미를 구분했다. 규칙은 어느 정도 명확하게 주어져서 고정하거나 타협할 수 있다. 그에 반해 재미는 놀이의 매력을 끌어내는 것, 즉 놀이를 가능하게 만드는 동기부여 역할을 한다. 또한 이 재미는 놀이에 깊이를 더해준다. 그렇다면 삶에 깊이를 더해주는 것은 무엇일까? 다시 말해 우리의 삶을 살 만한 인생으로 만들어주고 우리에게 혈기와 삶의 기쁨, 용기를 채워줌으로써 삶의 무게를 좀 더 가볍게 만들어주는 것은 과연 무엇일까? 나는 이 두 가지 질문이 서로 다르지 않다고 본다.

우선 삶의 질과 나란히 놓인 삶의 깊이 개념을 설명하는 것이 좋을 것 같다. 삶의 깊이는 내 인생의 방향과 중요한 의미를 알려준다. 말하자면 삶의 깊이는 위에서 말한 것처럼 기꺼이 대가를 치르고 자기희생을 준비하게 한다. 삶의 깊이 개념에 다가서는 지점은 올더스 헉슬리Aldous Leonard Huxley[21]의 소설 《멋진 신세계》에서 발견된다. 이 소설 마지막 부분에 유럽지역 총통과, 마치 야생에서 방금 튀어나온 듯한 남자가 만나는 장면이 나온다. 총통은 들뜬 목소리로 고통을 느끼지 않는 사회를 찬양한다. 하지만 그의 대화 상대인 남자는 감독의 말을 부정한다. 이곳의 사람들은 향락에 빠져 있으면서도 그것에 대한 대가를 너무나 적게 치르면서 살고 있다고, 불행으로부터 벗어난 세계에서는 영웅주의, 덕, 깊이가 삶에 깃들 여지가 없다고 항변한다. "당신이 원하는 것은 본래 눈물과 함께합니다. 하지만 여기서는 누구도 대가를 지불하지 않습니다." 삶의 깊이는 정해진 대가를 지불하는 것을 전제로 한다. 잇사의 가족도 예외가 아니다. 가족은 통증으로 괴로워하는 잇사를 보면서 근심으로 수많은 밤을 뜬눈으로 보내야만 했다. 그렇기에 잇사의 삶은 가족에게 소중하고 무엇과도 바꿀 수 없는 것이었다.

생텍쥐페리의 《어린 왕자》에서 많이 인용되는 글귀가 있다. "너는 네 삶에 책임을 져야 해. 네가 길들인 것에 대해서 말이야." 여우는 어린 왕자에게 계속해서 말한다. "네가 장미에게 쏟은 시간 덕분에 장미가 너에게 소중한 존재가 된 거야." 이 두 문장은 긴 시간을 두고 큰 노력을 기울여야 비로소 특별한 가치가 생긴다는 사실을 암시하고 있다. 여우가 말하는 '길들임'은 우정 쌓기의 표현으로, 끈기와 인내를 가지고 점차 길을 밟아가야 한다는 의미다.

얀 마텔Yann Martel[22]의 유명한 소설 《파이 이야기》는 한 소년이 구명보트 안에서 호랑이 한 마리와 함께 표류하는 이야기다(소년은 호랑이에게 리처드 파커라는 이름을 지어주었다). 소년과 호랑이는 천신만고 끝에 멕시코만에 도착한다. 리처드 파커는 보트에서 뛰어내리고 정글로 내달린다. "호랑이가 정글 속으로 들어가기 전에 멈춰 섰어요. 그러고는 등을 돌려 나를 쳐다보았어요. 분명히 그랬어요." 호랑이는 사실 소년을 돌아보지 않았다. 파커의 시선은 정글을 향해 있었고, 파커는 '소년의 인생으로부터 뛰어내리려는 듯이' 순식간에 사라졌다. 이 가상의 사건은 길들임을 통해 관계가 발전하지 않았다는 사실에 실망한 소년의 마음을 표현하고 있다. 함께 난관을 헤쳐나오면 서로 잘 지낼 수 있겠다는 기대감이 생기고 관계가 깊어질 것이라고 소년은 믿었기 때문이다. 서로가 아름다운 것을 공유하는 것처럼 말이다.

다시 질문해보자. 삶에 깊이란 게 존재할까? 이 질문에 다음과 같이 대답할 수 있다. 지금 여기는 마냥 행복한 에덴동산이 아니다. 우리는 분명 현실을 살고 있고, 그렇기 때문에 삶의 어두운 면에 대처해야 한다. 삶에서 소중한 것은 언제나 위협받고 있다. 다시 말해 삶에는 파괴적인 힘, 흉악함, 악이 존재한다. 누가 이것을 거부할 수 있단 말인가? 본래 하고 싶지는 않았지만 나쁜 일을 하도록 유도하는 악마가 우리 안에 존재한다. 알코올과 마약에 중독되었던 빌 클레그Bill Clegg[23]는 내적 악마와 싸웠던 경험을 설명했다.

빌 클레그는 성공 가도를 달리면서 많은 사랑을 받았던 저작권 사업자였다. 하지만 그는 인생의 동반자와 사업 파트너, 고객을 속이고도 성공하지 못했고 결국 파산하고 말았다. "그 지경까지 이른 이유가 무엇입니까?" 그는 당시 사람들의 질문에 적절한 답을 내놓지 않았다. 훗날 자서전에서 그는 뉴욕에서 사는 동안 경험했던 어두운 평행 세계에 대해 담담히 털어놓는다. 그는 기도하고 도움을 구하고 용서를 빌기 위해 그리고 난관을 헤쳐나갈 길을 모색하기 위해 자포자기의 심정으로 어떻게 무릎을 꿇었는지를 묘사한다. “벼랑 끝에 서 있는 것 같아도 모든 것이 끝난 것은 결코 아니다”라는 말을 어떻게 실감했는지 자세히 이야기하고 있다. 과거를 돌아보면서 그가 돌보지 않았던 사람들과 그들에게 준 고통을 떠올린다. 또한 그는 자신이 어떻게 신뢰를 잃었는지도 보여준다. 그는 약속을 지키지 못하고 합의를 무시했기 때문에, 약속 시간을 사소하게 여겼기 때문에 신뢰를 잃어버렸다고 토로하고, 한번 잃은 신뢰는 회복하기 쉽지 않다고 말한다.

빌 클레그는 자서전을 집필한 지 얼마 지나지 않아 박탈감에 고군분투하는 과정을 담은 두 번째 저서 《90일*Ninety Days*》을 내놓았다. ‘항상 열심히 일하지만 언제나 제자리를 걷고 있는 것 같은 깊은 수렁에 빠지고 만다. 노력해서 쌓아 올린 신뢰를 잃어버리고 나면 원한 관계를 경험하게 되고 악의에 찬 세계로 빠져든다. 그러면 또다시 자신을 어쩔 수 없는 역겨운 존재로 느낀다.’ 이 책에서 그는 삶을 고결한 인과 관계의 사슬로 설명하지 않는다. 즉 삶의 모든 행위가 원인과 결과에 묶여 있지 않다고 말한다. 또한 소중한 것은 언제나 위협받고 있다는 사실도 보여주면서, 73일간 날씨가 맑았다고 해서, 앞으로 비가 오지 않으리라고 누구도 확신

할 수 없다고 말한다. 그래서 우리는 하루하루 늘 새롭게 고군분투해야 한다.

삶의 깊이는 대가를 지불하고도 자신에게 소중한 것이 부서지는 경험에서 비롯된다. 소중한 것은 쉽게 깨진다. 영국 작가인 토머스 하딩Thomas Harding[24]이 이를 잘 설명해준다. 그는 아들 카디언이 자전거 사고로 목숨을 잃는 장면을 지켜볼 수밖에 없었다. 또한 수천 킬로미터 떨어진 아내와 딸에게 이 비보를 전해야 했다. 그는 자신의 책《카디언 저널*Kadian Journal*》에서 애통함과 파멸의 고통을 솔직하게 묘사한다. 그는 소중한 사람을 잃은 뒤 삶의 의욕을 부여잡기 위해 몸부림친다. 형언할 수 없는 고통을 묘사하는 적합한 말, 용어를 찾으려고 갖은 애를 쓴다. 그에게는 심장을 도려내는 것 같은 고통을 보듬어줄 수 있는 말이 필요하다. "어떤 말로 나의 고통을 표현할 수 있을까?" 이 질문은 그의 정체성과 연관된다. 아들을 잃은 아버지를 뭐라고 부를 수 있을까? 부모를 잃은 아이는 고아라고 하고, 남편을 잃은 아내를 과부, 아내를 잃은 남편은 홀아비라고 한다. 하지만 아들을 차가운 땅에 묻어야 했던 한 남자를 우리는 뭐라고 불러야 할까? 하딩은 오스트레일리아에서 '캄푸kampu'라는 적합한 단어를 찾아낸다. 잠비아와 말라위에서도 슬픔에 잠긴 부모를 나타내는 말, '오페드와ofedwa'를 발견한다. 이 두 단어가 토머스 하딩을 삶으로부터 떨어지지 않게끔 꼭 붙들어 매고 위로한다. 동시에 삶이란 쉽게 상처 입고 속절없이 부서지는 것이라는 생각이 들게 한다. 또한 이 단어는 삶이 순식간에 변할 수 있고, 인생 계획을 무너뜨릴 수 있다는 사실을 상기시킨다. "쉽게 상처받는다"는 것은 자신이 통제할 수 없는 무언가가 삶에 등장하여 소중한 것, 삶 자체를 파괴하고 인생 계획에 차질이 생기게 한다는 의미다. 다시 말해 삶이란 소중한 것을 질그릇에 담아 옮기는 것과 같다. 바닥에 떨어뜨려 깨지기 쉽고 간직하기도 어렵다는 뜻이다.

소중한 것은 쉽게 부서지고, 삶의 의욕을 주는 것은 대가를 지불해야 비로소 얻을 수 있는 것이다. 이를 생생하게 증언하는 이가 바로 로버트 굴릭Robert Goolrick[25]이다. 미국 작가인 굴릭은 자신의 자서전 《우리가 알고 있는 세상의 끝*The End of the World as We Know It*》에서 숨 막히는 인생사를 털어놓는다. 그의 인생은 술과 마약으로 엉망진창이 됐다. 그는 과거사를 간결하게 서술한다. '난 지난 10년을 잃어버렸습니다. 사람들이 우산을 잃어버리는 것처럼 어처구니없게도 10년의 긴 시간을 잃고 말았습니다.'

인간을 판단하기 위해 굴릭이 찾아낸 말들은 교훈적

이고 감동적이다. 그는 어머니를 다음과 같이 그린다. '사람들은 우리 어머니를 참 좋아했습니다. 어머니는 사랑이 넘치는 분이었죠. 생각하기를 좋아하셨고 사람들이 깜짝 놀랄 만한 감사 편지를 즐겨 쓰셨습니다. 제 기억으로 어머니는 다소 거친 면도 가지고 계셨지만, 정도 많은 분이었습니다. 어머니는 제가 아기였을 때 거의 일 년 동안 당신 품에 안지도 못할 만큼 예뻤다고 말씀하셨습니다. 저로서는 어머니의 말씀이 참인지, 거짓인지 확인할 도리가 없습니다.' 굴릭은 부모의 부부관계에 대해서도 언급한다. 다른 사람이 보기에 그들은 완벽했고, 행복해 보였고, 유머가 넘치는 매력적인 부부였다. 파티에서 그들은 언제나 주목을 받았다. 하지만 주위에 사람들이 없을 때면 부부의 모습은 달라졌다. 그들은 자신들이 불행하다고 생각했고, 서로의 관계는 무미건조했다. 아이들은 부모 앞에만 서면 불안해했다. '우리는 부모님을 사랑했지만 동시에 두려워했습니다. 왜냐하면 어머니, 아버지가 불행하다는 것을 잘 알고 있었기 때문입니다.' 부모의 가식은 시간이 지나면서 점점 벗겨졌다. 로버트 굴릭의 두려움은 분노를 조절하지 못하는 어머니 때문에, 자신의 모욕감을 견뎌내지 못하는 아버지 때문에 점점 더 커갔다. '생각해보면 아버지는 많은 것을 잃어버렸습니다. 게 으름과 권태로 찬란한 미래를 갖지 못하셨고, 아름다웠지만 냉혹함과 괴로움만을 키웠던 아내도 잃어버렸습니다. 그는 바보였고 실패자였습니다. 그리고… 더욱더 심하게 자신을 기만했습니다. 그는 더욱더 두꺼운 가면을 쓰고는 주위에 얼마 남지 않은 사람들에게 자신의 일화를 들려주곤 하셨습니다.' 부모는 겉치레에 집착했다. 소비와 낭비가 그들의 삶을 좌우했다. 사람들은 부모의 가식을 외모와 가구, 정원 그리고 대화 주제에서 어렵지 않게 찾을 수 있었다. 아들은 자신에게 물어보았다. "아버지, 어머니는 어째서 멈추지 않았을까?" 아들은 계속해서 질문을 던졌다. "두 분은 자신이 무엇을 하는지 알면서도 어째서 그런 인생을 살았을까? 비록 실패했지만 두 분은 어떻게 인생의 황금기를 그처럼 허무하게 보낼 수 있었을까?"

예상치 못한 부분에서 굴릭은 소중한 것의 파괴에 관해 이야기한다. 만 네 살 때 그는 35세의 아버지에게 성추행을 당했다. 현장에 있었던 어머니는 곧 정신을 차려 아들을 남편한테서 떼어냈다. 하지만 그 일에 대해 한 마디도 입 밖에 꺼내지 않았다. 굴릭이 하루하루를 버티기 위해 얼마나 많은 양의 약을 먹었을까? 그가 쓴 글을 보면 놀라지 않을 수가 없다. '끔찍한 일이 일어날 거야. 누구도 말할 수 없는 그런 일이 말이야. 죽음의 저승사자를 불러들일 거야. 꿈에서처럼 천사도 오지 않을 거야. 안전하고 포근한 침대로 나를 옮겨줄 그런 천사는 절대 오지 않을 거야.'

굴릭은 의견만 분분하지 결코 명쾌하게 설명할 수 없는 경험, 한여름 밤에 겪었던 끔찍한 경험으로 인해 생겨버린 감정을 증폭한다. '아버지는 괴물이 아니었습니다. 아버지는 스스로 그 안에 갇혀 매몰되었을 뿐입니다. 아버지는 평범한 남자였고, 덥고 깊은 여름밤에 술에 취한 상태로 욕망에 사로잡혀 이성을 잃고 말았습니다. 욕망은 아버지에게 단 한 가지만 놓고 떠나버렸습니다. 욕망은 지금까지 내가 이해할 수 없는 폭력을 표출하게 하는 감정이었습니다. 또한 그것은 아무런 반응을 보이지 않는 사랑이었고, 어떤 알코올로도 녹일 수 없는 수치심이었습니다. 그저 그런 것이었습니다.' 굴릭이 겪은 것과 같이 고초로 점철된 인생이 인간의 삶이라고 말할 수 있을지 모르겠다. '우리는 살면서 나쁜 일을 겪습니다. 당연히 좋은 일도 많이 일어납니다. 말하자면 우리가 살면서 겪는 기쁨, 애정, 성공, 아름다움뿐만 아니라 재앙과도 같은 불행한 일도 발생한다는 것을 알고 있습니다.' 하지만 여기서 '그런 게 인간의 삶이다'라는 무책임한 말로 결론지을 수는 없다. 우리는 신중하게 '삶이 그래서는 안 된다'라는 말을 덧붙여야 할 것이다.

이 말은 중요하지만, 막상 꺼내기가 조심스럽다. 인생에서는 다양한 일이 일어난다. 어깨가 탈골되었는데 다시 맞출 수 없는 황당한 일도 일어난다. 바지에 구멍이 뚫렸어도 수선할 수 없는 그런 일도 생긴다. 또한 얼마나 많은 사람이 수많은 상처를 안고 사는지를 떠올린다면 삶 자체가 불안한 것이라는 생각이 든다. 사회가 문제일까? 만약 그렇다면 땅속에 묻혀 있는 상하수도, 전기, 전화 등 여러 배관 시스템을 살펴봄으로써 도시의 이면을 알 수 있듯이 사회 저변에서 움직이는 영혼과 그 상처를 살펴보면 사회를 보다 더 잘 이해할 수 있지 않을까? 만약 두 사람이 버스 안에서 만났을 때 어떤 일이 벌어질까? 로또에 당첨된 사람에게는 과연 무슨 일이 생길까? 소중한 삶을 산다는 것은 굳은 결심과 의지만의 문제가 아니다. 삶은 부서지기 쉽고, 소중한 것이 파멸될 위협을 항상 받고 있기 때문에 삶에서 소중한 것이 무엇인지를 묻고 기회가 있을 때마다 소중한 것을 부여잡아야 한다. 삶의 깊이를 묻는다면 답은 한 마디로 소중한 것의 가능성이다.

4

행복한 삶을 고민하다

잇사 그레이스는 삶에서 소중한 것을 지킬 수 있음을 보여준 일종의 전령사였다. 아이의 장례식에서 울려 퍼진 마지막 찬송가는 〈이 작은 나의 빛This Little light of mine〉이었다. 이 작은 빛은 빌 클레그와 로버트 굴릭을 직접적으로 치유하지는 못하지만 소중한 것을 희망하게 한다. 여기서 희망이란 큰 상처를 입지 않으면서도 소중하게 하루하루를 살기 원하는 마음이다. 그러면 소중한 삶이란 무엇일까? 삶을 소중하게 만드는 것은 무엇일까? 소중한 삶을 산다는 것은 도대체 무엇을 의미할까?

나는 삶에서 소중한 것을 살펴보기 위해 세 가지를 제안하고 싶다.

첫째, 삶이 시작될 때, 가령 아기가 갓 태어났을 때 소망을 빌어주는 것이 좋다. 새해가 밝아올 때도 마찬가지다. 새해가 되면 우리는 사람들과 인사를 나눈다. "새해 복 많이 받으세요!" 연하장에도 이와 비슷하게 "새해에는 모든 일이 잘되기를 바랍니다"라는 인사말을 적는다. 이처럼 우리가 누군가에게 새해 인사를 전할 때 우리는 과연 어떤 소원을 빌어줄까? 그가 별다른 어려움을 겪지 않고 무사히 한 해를 보냈으면 하는 마음으로 인사를 건넸을까? 만약 그가 우리의 바람처럼 그렇게 한 해를 보냈다면 그의 일 년간의 삶이 '소중한 삶'이라고 말할 수 있을까? 내 경험을 돌이켜보자면 나는 아니라고 대답할 것이다. 소중하게 보낸 일 년이라면 당연히 난관과 고통, 근심과 부담이 따랐을 것이다. 내가 이해하기론 전통적으로 영적인, 정신적인 성숙은 언제나 고통과 함께한다. 소중한 삶도 마찬가지로 역경 없이는 성립할 수 없다. 만약 내 아이들이 소중한 삶을 살기를 바란다면 나는 걱정 없이 사는 삶이나 도전을 피하는 삶을 이야기하지 않을 것이다. 오히려 나는 무엇인가를 자꾸 요구하는 삶, 로버트 굴릭이 경험한 것처럼 파괴적인 힘에 노출된 삶을 언급할 것이다.

내가 어떤 사람에게 "좋은 하루 보내세요!" 하고 인사했을 때 그가 "네, 그러고 있습니다"라고 답해주었으면 좋겠다. 복음서에서 내가 가장 좋아하는 부분이 있다. 바로 예수의 변화를 그린 장면으로,[26] 특히 변화된 예수로 인해 완전히 다른 사람으로 바뀐 베드로의 말을 좋아한다("저희가 여기에서 지내면 얼마나 좋겠습니까!"). 베드로의 말은 소중한 것을 경험한 뒤에 나왔다. 만약 누군가가 소중한 것을 원한다면 나는 그가 소중한 것을 갖기를 염원하며 복을 빌어줄 것이다. '복을 빌다benedicere'라는 말의 뜻은 소중한 것을 희망한다는 의미다. 누군가가 소중한 것을 원한다면 베드로처럼 말하기를 바란다. "우리가 가졌던 소중한 경험을 계속해서 우리의 것으로 삼으면 얼마나 좋을까!"

나는 요람에 누워 있는 신생아에게 앞으로 많은 사람으로부터 환영받고 동시에 환영의 인사를 건네는 사람이 되라고 기도할 것이다. 환영 인사는 우리가 살면서 세울 수 있는 삶의 토대다. 또한 나는 요람에 누워 있는 신생아가 성장하여 자기 '자리'를 찾는 성인이 되라고 축복을 빌 것이다.

오스트레일리아 작가 샐리 모건Sally Morgan[27]은 자신의 자서전 《나의 자리*My Place*》에서 자기 자신의 자리를 찾는 게 어떤 의미인지 설명하고 있다. 이 책의 핵심 주제는 '그녀의 자리' 찾기이다. 즉 자신이 누구인지를 밝혀줄 장소, 자신의 안전을 보장받을 수 있는 장소, 한 인간으로서 성장할 수 있는 공간을 발견하는 것이다. 샐리의 아버지는 2차 대전이 종식되자 쓸모없는 사람이 되어 돌아왔다. 그는 다시는 일할 수도 없을 정도로 심각한 알코올 중독자가 되었다. 그는 언제나 폭력을 썼다. 그녀에게 집은 안전한 공간이 아니었다. 아버지가 죽고 나서 샐리는 외할머니, 어머니 그리고 형제자매와 함께 살았고 자신의 정체성에 의구심을 가졌다. '나는 누구지? 학교 친구들과 달리 나는 어째서 어두운 피부색을 가지고 있지? 우리 조상은 어디에서 왔지?' 질문하기도 조심스럽고 왠지 부끄러운 가족의 비밀, 그녀뿐만 아니라 가족 전부가 오스트레일리아 원주민이라는 비밀은 그녀가 세상일에 민감한 십 대가 되어서야 밝혀졌다. 그전까지 그녀는 출신 배경을 전혀 알 수 없었다. 샐리 모건은 삶의 안정감을 찾아 나서면서 자신의 집안 배경을 인정하고 정체성을 정확히 알고 난 다음에는 예술가로서 자신의 자리를 발견한다. 그제야 비로소 거짓과 혼란, 그녀 뒤에서 보내는 경멸의 시선, 가정 폭력으로 가득했던 긴 가시밭길이 끝이 난다.

개인적으로 '나의 자리' 찾기는 의미 있는 축복의 기원이고, 나의 삶에 오직 나만이 할 수 있는 것을 발견하는 일이다. 그래서 살아있다는 사실만으로는 많이 부족하다. 삶의 자리를 마련하는 일이 필요하다. 삶의 자리란 다양한 경험을 위해 스스로 만든 공간이며 우리가 머물고 성장하는 장소다. 이 삶의 자리는 천막에 비유할 수 있다. 삶에서 경험하는 모든 관계는 말뚝에 묶어 천막을 든든하게 고정하는 밧줄 역할을 한다.

삶의 시작점에서 기원하는 소망은 까다로운 문제와 연결될 수 있다. 만약 우리가 죽음의 문턱에 서 있어 목숨이 얼마 남지 않았다면, 과연 소중한 이에게 소원이나 복을 빌어줄 수 있을까? 소중한 이가 새로운 인생을 계획하는 데 도움을 줄 만한 축복을 진정 빌어줄 수 있을까? 이 질문에 직접 대면한 이가 바로 예수회 신부 알프레트 델프Alfred Friedrich Delp다. 그는 1944년 7월 히틀러를 암살하려는 모의에 가담했다는 죄목으로 수감되었다. 1월 11일 그에게 사형 선고가 내려졌고 1945년 2월 2일 사형이 집행되었다. 죽기 일주일 전 1월 23일, 델프 신부는 대자代子인 알프레트 세바스티안 케슬러Alfred Sebastian Kessler에게 한 통의 편지를 썼다. 델프는 태어난 지 10일밖에 되지 않은 대자에게 '두 손을 모아 진심 어린 축복'을 기원하는 동시에 힘든 시간을 잘 견뎌냈다고 격려의 말도 잊지 않았다. 그리고 그는 어린 대자에게 기도의 남자라는 의미를 지닌 알프레트, 용기의 남자라는 뜻을 가진 세바스티안이라는 이름을 지어준 게 떠올라 말했다. '이 멋진 사내아이는 앞으로 훌륭한 사람이 될 것 같구나.' 그러고는 인생에서 얻은 통찰을 덧붙였다. '누군가가 부여한 삶의 의미보다 자신이 직접 찾아낸 삶의 의미가 훨씬 더 낫더구나. 나는 하느님을 찬양하고 더 많이 기도했지. 만약 사람들이 하느님의 뜻에 따라, 하느님의 자유 안에서 살 수 있다면 그것이야말로 인간다운 삶일 거야.'

델프 신부의 소망에서 삶을 지탱하는 닻이 무엇이고 우리가 집중해야 하는 삶의 초점이 무엇인지 그리고 무엇을 하며 살아야 하는지를 알 수 있다. 델프 신부는 어린 대자에게 우리 인간이 하느님의 힘 앞에서는 무력하다는 사실과 더불어 '인간이 궁극적 가치를 가졌는지 아닌지는 인간의 무력함을 알고 있느냐에 달려있다'고 상기시킨다. 델프 신부는 감옥에 갇힌 이후에야 비로소 궁극적 가치, 삶의 명확한 형식을 확립했음을 깨달았다. 사실 그전까지는 무죄판결을 받아 풀려나길 바랐고, 사형 선고가 자신의 삶을 결정하게 될 것이라고 믿었다. 그런데 델프 신부는 감옥에 있으면서 본질에 집중했고 궁극적인 형식과 함께 자신을 새롭게 바꿀 수 있는 깨달음을 얻었다. 델프는 세 가지 바람을 담아 알프레트 세바스티안 케슬러에게 보내는 편지를 끝맺는다.

'밝은 눈, 건강한 허파, 그리고 높이 날면서 동시에 절제하는 능력을 가져라!' 델프가 그런 바람을 담은 이유는 높게 솟은 산의 풍경 때문이었다. '난 매우 높은 산에서 살았지. 삶이란 산 아래에 있는, 끝이 보이지 않고 형체를 알 수 없는 검은 형체와도 같단다. 여기 산 위에서 외로운 인간과 신이 만나 진지한 대화를 나누곤 하지. 사람은 건강한 허파를 갖고 있어야 해. 그렇지 않으면 숨쉬기가 힘들단다.' 델프 신부의 말은 삶이 시작될 때 소원을 빌어주는 것이 얼마나 중요한 의미를 갖는지 보여준다.

여기서 다시 한번 질문해보자. 요람에 누워 있는, 소중한 것을 전해주고픈 신생아에게 어떤 소원을 빌어줄 수 있을까? 개신교 신학자 디트리히 본회퍼Dietrich Bonhoeffer[28]는 알프레트 델프와 유사한 상황에 처해 있었다. 교도소에 수감된 지 2년이 넘은 1944년 5월 본회퍼는 대자 디트리히 빌헬름 뤼디거Dietrich Wilhelm Rüdiger에게 삶의 통찰이 담긴 편지를 보냈다. 무엇보다 그는 대자 뤼디거가 책임감 있는 사람이 되기를 바랐다. 그의 바람은 당시에 요구되었던 '시대적 상징'을 보여준다.

다시 질문해보자. 요람에 누워 있는 갓 태어난 아기에게 어떤 소원을 빌어줄 수 있을까? 깊게 고민해야 할 것이다. 또한 누군가에게 축복을 빌어주는 기도를 글로 옮기는 진지한 연습도 필요하다. 예를 들면 축원 기도서 같은 것 말이다. 성서에 인상적인 장면이 나온다. 아버지 이삭은 첫째 아들에게 장자의 특권을 기원한다.[29] 하지만 둘째 아들 야곱이 형의 축복을 가로채고 만다. 이 외에도 창세기 마지막 부분에는 야곱이 자신의 각 아들에게 축복을 내리는 장면이 있다. 그는 아들 르우벤에게 물처럼 부글부글 끓어 넘치는 힘의 축복을 내린다. 유다에게는 우유보다 더 하얀 이를, 잇사갈에게는 쉼과 땅의 아름다움과 친절을, 납달리에게는 언변을, 요셉에게는 전능한 자의 도움을 기원한다. 이를 통해 우리는 소중한 축복을 놓고 야곱의 아들들이 다투는 광경을 보게 된다.

두 번째로 소중한 삶을 찾는 데는 삶의 끝을 바라보며 자신의 삶을 되돌아보는 것이 도움이 된다. 이를 '생의 마지막 순간을 가정하고 만약 삶이 다시 주어진다면 어떤 삶을 살고 싶은가?'란 질문으로 바꿔 쓸 수 있다. 앞서 언급된 조르주 페렉의 소설에는 다음과 같은 구절이 있다. "어느 날 거기에 있던 모든 사람의 그림자가 도망치듯 계단에서 사라졌다." 이 문장은 삶에 대해 말하고 있다. 우리는 우리 앞에 놓여 있으면서 삶의 공간을 제공했던 건물의 계단을 도망치듯 이내 사라져버린 형체들과 별반 다르지 않다. 그렇다면 도망치듯 사라지는 그림자로서 어떤 삶을 살고 싶은가?

만약 어떤 결정을 내려야 하는 상황에 놓인다면 나는 자문할 것이다. '죽음이 목전에 와 있다면 나는 어떤 결정을 내릴까?' 교황 요한 23세의 격언 "모든 순간에 끝을 생각하라(In omnibus respice finem)"에 따르면 삶의 끝을 바라보는 시선은 균형감과 우선순위를 떠올리게 한다. 삶의 마지막 순간에 무엇이 중요할까? 그 순간에 무엇이 남아 있을까? 잇사의 순수한 삶을 통해 모든 것을 마지막 순간에서 바라보아야 한다는 삶의 통찰을 배울 수 있다.

브로니 웨어의 책 《내가 원하는 삶을 살았더라면》은 많은 독자의 사랑을 받았다. 이 책에서 저자는 삶의 끝자락에 서 있는 사람들이 가장 크게 후회하는 것이 무엇인지를 추적했다. 그 결과 친구에게 관심을 쏟는데 인색했고, 감정을 표현할 용기가 부족했으며, 타인의 기대에 부응하는 사람으로 살았다는 것을 가장 많이 후회했다. 이 결과는 곱씹어볼 만하다.

삶의 끝자락에서 소중한 것에 다가가는 것도 유용하고 유익한 방법이다. 살 만큼 산 사람들에게 물어보자. '당신의 삶을 되돌아보았을 때 현재까지 남아 있는 것과 의미 있는 것은 무엇이 있을까요?' 아마도 그들의 대답 속에서 삶에서 소중한 것이 무엇인지를 보여주는 한 줄기 빛을 볼 수 있을 것이다. 크리스틴 하이든Christine Haiden과 페트라 라이너Petra Rainer[30]는 《아마도 난 기적일 거야*Vielleicht bin ich ja ein Wunder*》에 백 살을 넘긴 사람들과 나눈 열여섯 가지 대화를 실었다. 노인과의 대화를 통해 저자들은 만족과 감사, 삶의 기쁨 그리고 용기를 전해준다. 이 책은 흔히 볼 수 있는 물품 이상이다. 이 책은 자연과 문화와의 만남이자 먼저 산 사람의 경험 그 자체를 전해준다. 여기에는 삶의 미래, 계획을 향한 시선이 있으며, 자기 삶과 삶의 유일성 그리고 예상치 못한 일을 만난 작은 놀라움이 들어 있다. 그래서 이 책을 읽은 독자도 책 제목처럼 말할 수 있을지도 모른다. "나 역시도 기적일 거야!"

삶의 끝자락에 와 있다고 생각하고 자신의 삶을 바라본다면 소중한 것을 다르게 보게 될 것이다. 삶의 깊이도 마찬가지다. 랜디 포시Randy Pausch[31]는 췌장암 판정을 받았다. 그녀는 세 아이를 바라보면서 삶의 소중함을 전해주고 싶었다. 그래서 삶에서 중요한 것이 무엇인지 한동안 고민하다가 이렇게 말해주었다. '어린 시절의 꿈을 잊지 말아라! 꿈을 이루려고 노력하는 사람을 도와라!' 그녀의 말에는 삶의 소중함을 전해주는 힘이 있다.

내가 존경하는 철학자는 자신의 70세 생일을 맞아 내게 편지 한 통을 보냈다. '내 삶은 끝을 향해 떠밀려 흘러가고 있네. 그런데 생각해보면 삶의 끝도 여전히 나의 것이지. 또한 삶이란 실제 가능한 것들로만 채워진다네. 이론과는 전혀 다르지. 자네도 알다시피 전에는 내가 이론을 토대로 삶을 설명하지 않았던가? 하지만 이제는 그만두었다네. 현재는 구호시설에서 정기적으로 자원봉사를 하면서 지내고 있다네.' 이 편지가 나를 뒤흔들었다. 삶의 경륜이 묻어나는 노인들의 말처럼 삶의 끝자락에서 들려오는 그의 말에는 특별한 권위가 느껴졌다.

2013년 8월 〈프랑크푸르터 알게마이네 차이퉁〉에 한 기사가 실렸다. 1912년생인 게트라 샤르펜오르트Getra Scharrfenorth[32]와의 인터뷰였다. 인터뷰 내용은 그녀에게 의미가 가득했던 일이 무엇인지를 밝히고 있다. '난 오랫동안 책상 앞 의자에 앉아 있는 것을 즐겼어요. 되도록 많은 사람에게 편지를 쓰기 위해서였죠. 그런데 점점 횟수가 줄어들고 편지 쓰는 시간도 길어졌어요. 편지 보내는 간격도 더 벌어졌고요. 그와는 반대로 편지 내용은 짧아졌어요. 가끔은 마치 엽서처럼 매우 짧았지요. 만약 어떤 사람이 살면서 많은 사람과 인연을 맺었다면 그의 삶은 참으로 행복했을 거예요. 비록 나중에 모든 인연이 끊어진다고 해도 말입니다.' 그녀는 아이들에게 아버지 이야기를 해줄 생각이다. 그리고 그녀는 두 가지 삶의 기술로 감사에 대한 고민과 죽음에 대한 고민을 언급했다. '내게는 특별히 마음에 들었던 게 있었지요. 그래서 난 항상 감사해하고 있어요. 은혜를 받았다고 해야 하겠지요.' 그녀의 또 다른 삶의 기술은 죽음이다. '죽음에 관한 질문은 삶에서 과연 중요한 것이 무엇인지를 묻는 말과 별반 다르지 않아요.' 이어 가장 아름다운 삶의 순간이 언제인지를 묻는 기자의 질문에 샤르펜오르트 여사는 답했다. '나는 삶의 여러 순간을 생생하게 기억하고 있어요. 그중에 가장 아름다웠던 두 순간이 있지요. 하나는 어른이 되기 전 유년 시절로, 아마도 열세 살에서 열다섯 살까지였던 것 같아요. 그때 난 아주 예쁜 경험을 했지요. 또 다른 순간은 지난 모든 세월이지요. 흔해 빠진 말 같지만 정말로 특별한 순간이었어요. 특히 어린 증손자를 만나 이런저런 이야기를 나눈 시간이 참 좋았어요.' 무엇보다 현재의 시간이 다음 단계로 넘어가는 순간이라면, 그래서 이 순간이 아름답다고 말한다면 마땅히 오랫동안 삶의 굴곡을 함께 겪어온 부부를

칭송해야 할 것이다. 만약 부부가 너무 성급하게 이혼 결정을 내렸다면 아마도 칭찬받을만한 결실을 보지 못했을 것이다. 하지만 삶의 끝자락에서 바라보면 이 또한 삶에서 소중한 순간일 것이다.

다미아노 모데나Damiano Modena[33]는 세계적으로 유명한 카를로 마리아 마르티니Carlo Maria Martini 추기경의 모든 역경을 함께 보낸 사람이다. 모데나는 자기 경험을 토대로 삶을 일종의 뺄셈이라고 표현한다. '삶에서 덧셈으로 보이는 것이 실제로는 뺄셈입니다. 예를 들어 사람은 삶에서 가능한 모든 칭호를 받거나, 계급장을 달 수 있을 것입니다. 하지만 인간은 살면서 이루었던 모든 것을 벗어던지는 법을 배우게 될 것입니다. 마치 느닷없이 내린 소나기가 지나간 다음, 물기를 털어내기 위해 몸을 세차게 흔들어대는 한 마리 강아지처럼 말입니다. 그때야 비로소 진정한 인간이 될 수 있습니다.' 모데나의 진술에 따르면 마르티니 추기경은 파킨슨병과 더불어 계속해서 엄습해오는 잠행성 질환으로 고생했다. 그래서 그의 행동반경은 좁아지고 점점 불안해지고 남의 도움을 더 많이 받아야만 했다. 여행을 떠나는 일은 몹시 위태로운 모험이었고 날이 갈수록 산책도, 잠자리에서 일어나는 것도, 심지어 먹고 말하는 것도 힘겨워했다. 죽음에 이르러

많은 대가를 지불해야 했고, 질병 역시 그에게 많은 대가를 요구했다. 그의 삶은 결국 뺄셈인 셈이었다.

추기경의 인간적인 위대함은 인생에서 무엇을 빼앗기는 순간이나 거의 다 빼앗겨 나약하고 왜소한 모습을 드러내는 순간에도 빛을 발할 수 있을까? 현재 삶의 끝자락에서 있는 그가 이전에 뿌린 씨앗의 열매(우정, 인간관계, 성실 그리고 존경)를 수확했다고 생각하고 있을까? 자기 자신만을 위해 삶을 살았던 사람은 나이의 숫자만 더했을 뿐이지만, 추기경처럼 타인을 위해 삶을 산 사람은 지금껏 쌓아 올린 인간관계에서 많은 열매를 수확하게 될 것이다. 그런데도 마르티니 추기경은 '저는 살면서 이룬 것이라곤 아무것도 없다는 것을 알게 되었습니다'라고 말한다. 이것은 그가 위대한 인물임을 말해주는 반증이 아닐까? 아니면 그는 이런 말조차 꺼내기를 주저했을지도 모른다! 만약 그렇다면 교양, 고행, 높은 지위, 저술로도 가늠할 수 없는 삶의 소중한 것은 과연 무엇일까?

다미아노 모데나는 인생을 되짚어보면서 삶에 대한 질문과 더불어 우리 인간이 타인에 대해 어떠한 결정적인 판단도 내릴 수 없다는 점을 강조했다. '추후에 한 인간에 대해 글을 쓰는 작업은 성대한 축제가 끝나고 나서 뒷정리하는 일과 크게 다르지 않습니다. 마치 식사가 끝나 지저분하고 어지럽게 널린 식탁을 정리하는 것처럼 말입니다. 마지막 음식까지 모두 먹어 배부른 사람은 아마도 맛있었던 음식에 관해 이야기하겠지요. 그런데 한 인간의 평전을 집필하는 사람이라면 남은 부스러기마저 모두 찾아서 모아놓을 겁니다. 하지만 아무리 훌륭한 전기 작가라도 해도 한 인간의 사실적이고 긴 이야기를 완벽하게 집필할 수는 없습니다. 그런 일을 완벽하게 해낼 수 있는 존재는 신밖에 없습니다. 오직 거룩한 신만이 온전하게 할 수 있습니다. 왜냐하면 신만이 한 인간이 무엇을 했고, 무엇을 하고 있으며, 무엇을 할 것인지를 전체적으로 조망할 수 있기 때문입니다.'

세 번째 제안으로는 '기본적인 소유'를 통해 소중한 삶에 대한 질문에 다가서는 일이다. 기본적인 소유란 소중한 삶을 위해 절대로 포기할 수 없는 구성 요소를 의미한다. 소중한 삶을 위해 우리가 포기할 수 없는 것은 무엇일까? 이 질문은 근본적인 고민을 요구한다.

기본적인 소유, 삶의 필수 불가결한 구성 요소에 대해 철학자들은 '타인 존중'이나 '교육, 교양' 또는 '정의'를 언급할 것 같다. 혹자는 '인권'이나 '인간으로서의 자긍심을 보장하는 사회적 토대'와 같은 좀 더 폭넓은 개념을 꺼내놓을 수도 있다. 법철학자 존 피니스John Finnis는 이런 기본적인 요건을 인간 존재의 기본 목표로 이해하면서 종교와 미의 경험을 자신의 연구 주제로 삼았다.

경제학자인 로버트 스키델스키Robert Skidelsky[34]와 그의 아들인 철학자 에드워드 스키델스키는 공저《얼마나 있어야 충분한가》에서 기본적인 소유와 소중한 삶의 관계를 질문한다. '기본재basic goods의 결핍은 불행과 같다.' 그들은 기본재를 소중한 삶을 위해 필요한 수단 또는 능력으로 간주한다. 동시에 기본재를 갖고 사는 것이 소중한 삶이라고 생각한다. 또한 그들은 기본재가 그 자체만으로 보편적이고 좋은 것이지, 다른 좋은 것을 위한 구성 요소가 아니라고 말한다. 그래서 모든 사람이 이 기본재를 포기할 수 없다고 단언한다. 기본재로는 건강, 확실성(한 인간의 삶이 어느 정도 잘 될 거라는 정당한 기대), 존중(타인의 견해와 이해를 주목할 만한 것으로 간주하는 것), 개성(자신의 선호, 기질, 가치관에 맞게 삶을 사는 것), 자연과의 조화, 우정 그리고 여유를 들고 있다.

만약 그들의 결론이 정당하다면 한편으로는 기본재의 목록에 무엇을 넣을지, 다른 한편으로는 각 항목을 어떻게 정의 내릴지(당신에게 건강이란 어떤 의미인가? 당신은 우정을 어떻게 규정하는가?) 묻는 목록을 작성하는 것이 좋을 것이다.

이런 질문에 가까이 다가서는 또 다른 방식은 상실의 경험이다. 소중한 삶은 언제 소멸될까? 예를 들어보자. 아만다 린다우트Amanda Lindhout는 불행한 일을 겪었다. 그녀는 2008년 8월 소말리아에서 납치되어 460일간 감금되어 있었다. 그녀는 자유를 잃었고 나중에는 건강도 나빠졌다. 긴 시간 어떤 계획도 세울 수 없었고, 늘 불안 속에 지내야만 했으며, 인질로서 몸값을 받아야 살 수 있다는 강압에 억눌려 있었다. 그녀는 불안, 분노, 고통 속에서 몸부림쳤다. 그런데도 그녀가 버틸 수 있었넌 이유는 나름의 생존 전략(예를 들면 이슬람으로의 개종), 잘 될 거라는 희망 그리고 상상력을 동원한 내면으로의 도피 능력 덕분이다. 그녀처럼 우리도 마찬가지로 삶에서 소중한 것이 무엇인지를 전체적으로 조망할 수 있다. 하지만 이와 달리 자신의 삶이 소중하지 않다고 느낄 때가 있다. 이 경우에는 다음과 같이 바꿔서 자문할 수 있을 것 같다. 삶에서 결핍이란 무엇일까?

하지만 소중한 삶을 산다는 것은 기본재를 준비하거나 구성하는 문제에만 국한되지 않는다. 또한 삶의 시작에서, 삶의 끝자락에서 삶을 성찰한다고 해서 소중한 삶이 완성되는 것도 아니다. 소중한 삶은 부서지기 쉬우며 계획한대로 진행되지 않기 때문이다. 그럼에도 불구하고 우리는 소중한 삶에 대해 고민해야 한다. 이렇게 고민하다 보면 우리가 타고 있는 인생이라는 배는 항로를 알려주는 등대를 찾을 수 있을 것이다.

5

여담:
행복 추구

소중한 삶을 살고 싶다면, 소중한 것을 향하여 정진하면 된다. 우리가 본 바와 같이 기본재는 소중하고 값비싼 대가를 지불할 만한 가치가 있다. 이 기본재는 소중한 것에 기여하거나 소중한 것으로 구체화된 후에야 비로소 좋은 것, 소중한 것이 된다. 소중한 것은 우리에게 삶의 의지를 부여하는 동시에 삶의 욕구를 자극한다. 삶을 살다 보면 멈출 때도 있고, 방향을 잡고 나아갈 때도 있다. 이럴 경우에 정진하려는 자기 의지에 따라 움직이려는 소중한 것의 성질에 맞추어 우리는 온 마음을 다하여 노력하고 큰 애정으로 자신의 삶을 채워가야 한다. 만약 우리가 소중한 것의 성질에 맞춘다면 예수가 강조한 것처럼[35] 좋은 열매를 맺을 수 있다.

다시 말해 소중한 것은 우리가 사는 가운데, 때론 누군가를 사랑할 때 더 좋은 것을 만들어주고 그것을 실현해주며, '우리 뒤에서 꽃이 피어나는' 선물을 주기도 한다.

그런데 문제는 내 의지대로 소중한 것을 만들어낼 수 없다는 점이다. 현자 토마스 아퀴나스Thomas von Aquin는 소중한 것을 잘 알고 있었다. 그래서 그는 소중한 것에 따라 모든 결정을 내릴 수 있었고 그에 걸맞게 성숙한 삶을 살았다. 그에 따르면 소중한 것은 진지하게 찾는 사람에게, 과거로부터 교훈을 배우는 사람에게(배움Docilitas), 맥락에서 사물을 보는 사람에게(세심하게Circumspectio), 그리고 주의 깊고 깨어 있는 현자에게(용의주도하게Providentia) 가까이 다가선다.

소중한 것은 아무런 사심 없이 있는 그대로 실재를 보는 사람에게, 거짓을 모르고 사는 사람에게 다가간다. 미국 정신과 의사인 M. 스캇 펙Morgan Scott Peck[36]은 《거짓의 사람들》에서 악을 행하는 사람들, 거짓을 일삼는 사람들에 관해 이야기한다. 그는 두 아들을 가진 부모를 묘사한다. 부모는 큰아들에게 크리스마스 선물로 총을 선물한다. 하지만 몇 달 뒤에 큰아들은 이 총으로 자살한다. 그런 일이 있고 나서도 부모는 형이 자살에 이용했던 총을 동생에게 선물한다. 부모가 아무런 거리낌 없이 총을 형제에게 선물하는 것을 보고 M. 스캇 펙은 경악하고 만다.

소중한 것은 애타게 찾는 사람에게 '나타난다'. 그렇기에 소중한 것은 삶의 진정성과 연관되어 있다. 소중한 삶을 산다는 것은 자기 자신에게 늘 삶의 첫 번째 질문과 마지막 질문을 자문하면서 진지한 삶을 사는 일이다.

진지한 삶이란 무엇인가? 〈쇼아〉를 연출한 프랑스 영화감독 클로드 란츠만Claude Lanzmann은 2010년 10월 일간지 〈비너 차이퉁〉과 가진 인터뷰에서 이렇게 말했다. "저는 진지한 삶을 살아왔습니다. 〈쇼아〉와 같은 영화를 연출한다는 것은 실로 위험한 일이자 대단한 모험이었습니다. 마치 나를 어디로 데리고 갈지 알 수 없는 모험 같았습니다." 여기서 우리는 '저는 진지한 삶을 살아왔습니다'라는 그의 말에 주목할 필요가 있다.

1955년 무렵 우에시바 모리헤이Morihei Ueshiba에게 무술을 배우기 위해 3년간 일본에 거주한 격투기 선수 앙드레 노케André Nocquet의 평전이 출간되었다. 그는 다음과 같이 평가되었다. '그곳에 있으면서 그는 스승 밑에서 겸손하고 진지한 삶을 살았다.' 겸손하고 진지한 삶. 다시 말해 소중한 삶이란 바로 자기 자신을 갈고닦는 데 열중하는 삶이다.

소중한 것을 좇는다는 것은 타인이 아닌 자기 자신에

게 가치 있는 것을 따르는 일이다. 동시에 진지한 추구이자 성실하고 진지한 싸움이고 평범하고 보편적인 것에 따라 사는 일이다. 또한 소중한 것은 삶의 토대가 되고 삶의 목적과 방향을 제시한다. 초반에 나는 잇사를 품에 안았던 경험이 거룩하다 못해 두려웠고(넌 거룩한 땅에 들어와 있다), 내 안에 있는 '소중한 것'을 일깨워주었다고 말했다. 그래서 나의 삶과 다른 사람에게 더 가까이 다가설 수 있었던 것은 모두 소중한 것 덕분이었다고 고백할 수 있었다. 또한 소중한 것을 소유하고 있었기 때문에 나는 인생을 더 잘 알 수 있었다. 다시 말해 소중한 것 덕분에 나는 더 많은 사람을 사랑했고 과거보다 더 성숙할 수 있었으며, 인생의 꽃을 피울 수 있었다.

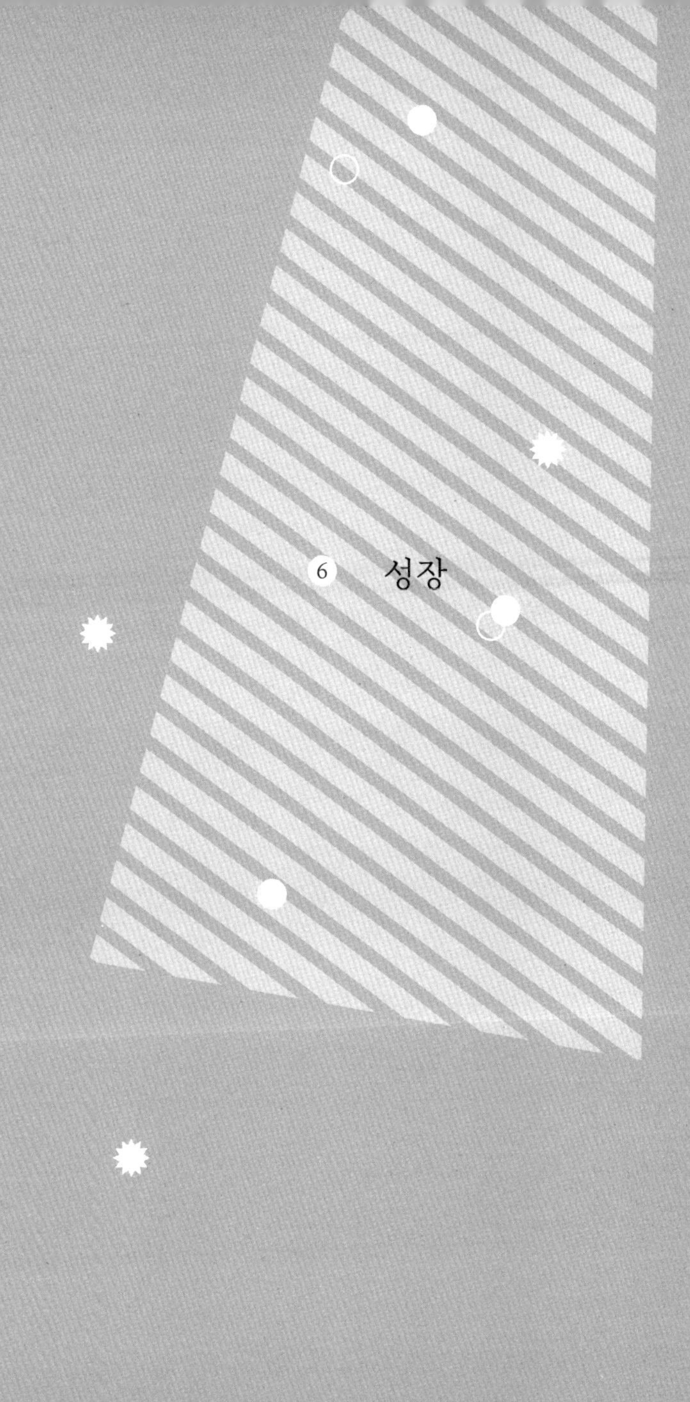

6 성장

인간은 나이가 들면서 저절로 성장할까? 우리의 바람과는 달리 성장은 나이와 아무런 관련이 없다. 나이가 든다고 해서 저절로 성장하지는 않는다.

한 발자국 뒤로 물러나 생각해보자. 여기서 갑자기 성장을 이야기하는 이유는 무엇일까? 로널드 드워킨Ronald Myles Dworkin[37]은 자신을 발전시키고 삶에서 무엇인가를 만들어내려고 노력하는 것을 자기 존중의 표현이라고 생각한다. 나 역시 자긍심이라는 명목으로 삶에 일정한 형식을 부여한다. 해리 G. 프랭크퍼트Harry Gordon Frankfurt[38]의 표현처럼 삶에는 진지한 형식이라는 게 존재한다. 즉 성장하기 위해 노력하는 사람은 자기 자신을 소중하게 여기는 나름의 형식을 갖고 있다는 말이다. 이는 올곧게, 진지하게 자신이 가야 할 길을 찾고 그 길을 걷고자 노력한다면 자기만의 삶의 형식을 갖게 된다는 의미다. 이러한 형식화는 높은 수준의 문화적 환경뿐만 아니라 고차원적인 놀이나 철이 일찍 들어버린 청년에게서 형성된다. 결코 쉽게 얻어지는 것이 아니다.

이와 관련하여 다른 질문으로 넘어가보자. 우리는 왜 나이를 먹을까? 우리는 왜 어른이 되어야 할까? 피터 팬은 영원히 소년으로 남고 싶어 한다. 댄 카일리Dan Kily는 이처럼 어른이 되는 것을 거부하는 현상을 '피터 팬 증후군'으로 규정했다. 이 증후군은 책임을 지지 않으려는 특성과 연관된다. 우리는 왜 성장해야 할까? 성장하지 않은 채로 소년이나 청년으로 남아 있는 것이 더 낫지 않을까? P. G. 우드하우스Pelham Grenville Wodehouse는 사랑스러운 피터 팬과 같은 인물 '프레드 아저씨'를 만들어냈다. 프레드 아저씨도 쉽게 흥분하는 여타 학생들처럼 소년의 눈으로 인생을 바라본다. 그런데 우리는 왜 어른이 되어야 할까?

베를린에서 활동하는 미국인 철학자 수전 니먼Susan Neiman[39]은 어른이 되어야 하는 이유를 놓고 고민했다. 그녀가 몸담은 문화에서 어른이 된다는 것은 결코 쉬운 일이 아니었다. 그녀는 독일에서 어른이 되는 것보다 오히려 장시간 이리저리 인터넷 공간을 돌아다니거나, 사회적 네트워크 사이를 이리저리 헤집고 다니거나, 가상 세계를 탐험하거나, 잡다한 일을 하거나, 젊은이들이 흔히 그러는 것처럼 시스템에 의구심을 품는 일이 더 쉽다고 생각한다. 또한 그녀는 하늘 아래 더는 새로운 것이 없다고, 인생사 뭐가 있냐고 따분하다는 듯이 말하는 값싼 냉소주의적 자세를 유지하는 일이 더 쉬울 것이라고 말한다. 그녀는 이처럼 어른이 되는 일은 어렵지만, 어른이 되어야 하는 이유를 설명한다. 그리고 어른이 되기 위해서는 자기 스스로 결정을 내리고 책임감을 가지고서 자신의 삶을 사는 숭고한 아름다움을 가져야 한다고 조언한다.

인간은 여행, 독서, 일을 통해 자기 앎의 지평을 넓히고 자기 세계를 형성해간다. 말하자면 인간은 자기 나름대로 삶을 살아간다. 그러면서 성인이 된다. 성인이 되면 절대 가볍지 않은 삶의 자리를 얻을 뿐만 아니라 그 자리에 맞게 행동하고, 성인으로서 책임을 져야 한다. 어디에 속박되지 않은 채 아이로 남으려는 사람도 성인으로서의 삶의 일면을 동경한다. 의젓한 독립 같은 것 말이다. 사실 어른이 된다고 해서 삶이 불행하지만은 않다. 왜냐하면 어른의 삶은 이전보다 더 깊어지고 더 풍부해지기 때문이다. 또한 어른이 되기만 해도 어떠한 의심도 못하게 만들고 인간의 의식을 무디게 만드는 정치적, 경제적 시스템에 맞설 수 있기 때문이다. 말하자면 인간은 교육, 일 그리고 여행을 통해 어른이 되고 그 와중에 자신을 세상에 각인시킨다. 그래서 인간은 성장하고 자기 삶을 살고 자기 세계를 형성해갈 뿐만 아니라 삶에 흔적을 남긴다.

여기서 잇사 그레이스의 삶을 다시 돌아보자. 아이의 삶에는 누군가를 감동하게 하는 일종의 성숙함이 있었다. 타인에게 고문을 가하면서도 어떠한 감정 변화도 없는 고문자의 이야기를 담은 J. M. 쿳시John Maxwell Coetzee[40]의 소설 《야만인을 기다리며》의 고백을 듣다 보면 우리 마음이 심란해진다. 왜냐하면 인간의 성숙을 보여주는 어떠한 징후도 발견되지 않기 때문이다. 그리고 남아프리카 공화국의 진실·화해 위원회가 활동하는 가운데 주목할 만한 만남이 있었다. 토니 엔게니Tony Zengeni는 자신에게 고문을 가했고 나중에 위원회에 그 사실을 자백했던 제프리 벤진Jeggrey Benzien에게 물었다. "당신은 어떤 사람입니까?" 그는 사람의 탈을 쓰고서 어떻게 그런 짓을 할 수 있는지, 알고 있는 모든 고문 수단을 동원하여 사람들에게 어떻게 그렇게 가혹한 고통을 가할 수 있었는지를 물었다. 벤진은 대답했다. "나 자신에게도 물어보았습니다. 하지만 나로서도 풀지 못하는 수수께끼였습니다. 당신을 만났음에도 확실히 '회복'이라고 할 만한 일이 나에게는 일어나지 않았습니다. 다만 인간의 상처를 인정하고 어루만지는 길에 저 역시 한 발자국 내디뎠다고 말씀드릴 수 있을 것 같습니다."[41]

성장이란 쉽게 상처를 입을 수 있는 세계 안으로 들어가는 것을 의미한다. 살다 보면 상처받는 일이 비일비재하다. 그런데 상처 입기 쉽다는 것은 때때로 '상처받을 권리'로 볼 수도 있으며, 또한 고유한 특징이 아닌 개인의 능력으로도 이해할 수 있다. 왜냐하면 쉽게 상처받는 능력은 무엇인가를 힘겹게 배우는 능력이기도 하기 때문이다. 말의 안장에 앉아 있는 것이 익숙해질수록 상처를 이겨내는 능력을 키우는 시간 역시 더 길어진다. 이것이 성장의 이상이다. 우리는 이런 성장을 장 바니에Jean Vanier에게서도 발견할 수 있다. 그는 1964년부터 '방주회'라는 공동체를 만들어 비장애인들의 사회에 어울릴 수 없는 장애인들과 함께 살고 있다.

이상적인 성장은 '자기가 입은 상처를 더 깊이 받아들일수록 더 깊은 이해에 도달한다'는 말로 요약할 수 있다. 하지만 이런 성장의 이상은 아리스토텔레스의 《니코마코스 윤리학Ethika Nikomacheia》과는 사뭇 다르다. 아리스토텔레스는 성장을 잠재력의 실현으로서 이해하고 있는 것 같다. 이를테면 인간은 모든 가능성을 자신 안에 갖고 있으며, 결국 인간의 발전은 자신의 가능한 잠재력을 지속적으로, 포괄적으로 실현하는 과정인 셈이다. 그래서 인간은 자신의 능력을 발견하고 실현시키기 위해서 여러 지원을 받아야 한다. 이것이 아리스토텔레스의 성장과 발전의 상이다.

이와 달리 에릭 에릭슨Erik Erikson은 성숙을 개인주의 차원에서 보지 않고 오히려 책임을 통감하는 능력과 각오로 여긴다. 이는 기존의 여러 사상에서 흔히 볼 수 있다. 말하자면 성장은 개인의 한계를 확장하여 다른 사람에 대한 책임감을 통감하는 능력에서 나타난다.

성장에 관한 또 다른 생각은 지금 이 순간에 우리와 대면할 수도 있다. 마치 5세기 초반 요하네스 카시아누스Johannes Cassianus[42]가 성장에 대해 진지하게 표명한 것처럼 우리가 어떻게 하면 성장할 수 있을까를 놓고 고민하는 이 순간에 만날 수 있다. 그에게 성장은 영혼의 불량함, 가령 욕망이나 자만 또는 과장된 슬픔, 분노나 과도함을 제어하는 것과 연관이 있다. 따라서 성장 과정은 이런 불량함을 점진적으로 극복하는 길이다. 카시아누스에 따르면 불량함만 있는 지점에서 인간은 성장할 수 없다. 그에게 성장은 영혼이 기능 장애로부터 해방되는 것이다. 말하자면 영혼이 앞서 언급한 불량함 때문에 괴롭힘을 받는다면 영혼은 건강하지 않고 자유롭게 성장할 수 없다. 그래서 이런 불량함을 어떻게 극복할지를 고민해야 한다.

예를 들어 '매우 적당한'으로 번역되는 스웨덴어 '라곰Lagom'은 욕망을 제어한다는 의미가 있다. 말하자면 이 단어를 통해 우리는 일상생활에서 욕망을 제어하고 매우 적당한 삶의 태도를 가질 수 있을지도 모른다. 구두와 넥타이의 적당한 개수는 몇 개일까? 휴가 기간은 며칠이 적당할까? 적당한 텔레비전 시청 시간은 얼마일까? 물론 가장 위험한 불량함을 선택하거나 전혀 적당하지 않은 것이 선택될 수도 있으니 신중해야 할 것이다.

카시아누스에 따르면 또 다른 불량한 태도는 자존심이다. 좀 더 자세히 들여다보자. 캐나다 출신의 노벨 문학상 수상자인 앨리스 먼로Alice Munro[43]는 자신의 단편 〈자존심〉에서 카시아누스가 영혼의 불량함으로 여긴 '자존심'을 언급한다. 한때 부유했던 은행장은 은행이 파산하면서 아주 작은 마을의 지점장으로 좌천된다. '그는 좌천 제안을 거절했었어야 한다. 자존심 때문에 그러질 못했다. 그래서 시골로 내려간 것이다. 그는 매일 아침 자동차를 타고 6마일 정도 거리를 달려가야 한다. 도저히 사무실이라고 볼 수도 없는 곳에서, 등받이도 떨어져나간 의자에 앉기 위해서.' 은행장을 비판하는 누군가는 자존심을 지키기 위해 시골로 가지 말았어야 했다고, 겉치레라 할지라도 마땅히 그 제안을 거부하고 패배를 인정해야 했다고 말한다. 하지만 성숙한 사람은 이처럼 속이 타들어가도 계속 일을 하고 마음을 다잡고 성장하려 한다.

로렌스 콜버그Lawrence Kohlberg[44]는 성장의 표상이 어떻게 변해가는지를 추적한다. 알려진 바대로 그는 칸트 철학을 기반으로 도덕 발달 단계(인습 이전 단계Pre-conventional level-인습 단계Conventional level-인습 이후 단계Post-conventional level)를 설명한다. 인습 이전 단계에서 우리는 두려움 때문에 도덕을 따른다. 인습 단계에서 우리는 적법한 규칙뿐만 아니라 이런 규칙의 근거까지 알고서 규칙에 순응한다. 당연하다고 생각하기 때문이다. 그리고 도덕 발달의 최고 단계에서 인간은 자신이 선택하고 스스로 세운 원리에 따라 행동한다. 비록 이를 통해 인습에 부딪히고 손해를 볼지라도 자기 원리에 따라 행동한다. 여기서 분명한 이정표가 제시된다. 즉 콜버그의 발달 단계 외에도 인간은 여러 성장 단계 위에 서 있는 존재라는 것이다. 제임스 파울러James Kowler에 의해 신앙 발달 단계에서 적용되었던 이런 표상은 장 바니에, 아리스토텔레스, 에릭슨이나 요하네스 카시아누스의 것과는 구분된다.

성장의 독특한 표상은 마가복음의 여러 구절에서 발견된다. 마가복음 1장 35~38절, "다음날 새벽 예수께서는 먼동이 트기 전에 일어나 외딴곳으로 가 기도하고 계셨다. 그때 시몬의 일행이 예수를 찾아다니다가 만나서 '모두들 선생님을 찾고 있습니다' 하고 말했다. 예수께서는 그들에게 '이 근방 다음 동네에도 가자. 거기에서도 전도해야 한다. 나는 이 일을 하러 왔다' 하고 말씀하셨다." 이 구절을 읽고 나면 예수가 외딴곳에서 기도하면서 괜한 시간과 정력을 낭비하는 게 아닌가 하는 생각이 들 수도 있다. 예수는 일정한 지역에서 치유자, 설교자로 부름을 받았다. 그는 이 소명을 체계적으로 넓혀나갈 수 있었고 자신의 행동반경을 단계적으로 확장할 수 있었고 지속해서 활동영역과 명성을 넓혀나갈 수 있었다. 하지만 예수는 먼저 그렇게 하지 않았다! 만약 그가 기도 시간까지 아꼈더라면 그만큼 더 많은 사람과 더 긴 시간을 보내면서 메시지를 전할 수 있었을 텐데 말이다. 그러나 그는 먼저 고독 속으로 침잠해 들어갔다.

이와는 또 다른 표상도 발견된다. 이 표상은 전략이나 삶의 계획과 구분된다. 예수는 '회심Metanoia'의 메시지를 전하는 소명을 가지고 있다. 이 회심은 '익숙한 것 너머에 있는 어떤 것을 생각하다'라는 의미, 즉 지금까지 알고 있거나 생각했던 것 너머에 존재하는 무언가를 향하여 사고를 전환한다는 의미를 가지고 있다. 여기서 성장은 마치 니고데모[45]나 사마리아 여인과의 만남[46]에서 명확히 드러나는 것처럼 생각하는 힘이 획기적으로 발전하는 것이다. 복음서에 나타나는 성장의 표상은 겨자씨, 밀알, 효모다. 씨앗은 썩어 한 그루의 나무가 되고 효모는 빵을 부풀게 한다.

개인의 성장이나 발전은 늘 회자한다. 이때 위에서 언급한 표상이 큰 도움이 된다. 왜냐하면 이 표상은 삶의 방향성을 가리키고 성숙의 의무를 다해야 한다는 것을 시사하고 있기 때문이다. 또한 이 표상은 특정한 성장 양식을 알려주지는 않기 때문에, 성장이 항상 생각대로 되지 않는 삶의 방향성을 고심해야 한다. 인생 계획에 관해 이미 살펴본 것처럼, 살면서 아무런 위기도 겪지 않은 사람은 정상적인 삶을 살 수 없다. 성장은 잘 다듬어진 돌뿐만 아니라 깨진 돌이나 건축자가 버린 돌로 집을 짓는 일과 같다.[47]

모든 인간은 자기만의 방식으로 누군가를 사랑한다. 즉 사랑하는 사람이 잘 지내는지를 매일 염려하거나, 사랑하는 사람과 시간을 보내고 싶어 한다. 또한 사랑의 눈길로 바라보면서 그 사람의 진면목을 알아보려고 한다. 자기만의 방식으로, 과묵하거나 아니면 수다스럽게, 정중히 예의를 갖추거나 또는 살갑게 다른 사람을 사랑한다.

영국 철학자 아이리스 머독Dame Jean Iris Murdoch[48]은 인간의 사랑을 외국어 습득에 비교한다. 즉 자기 자신과 아무런 관련이 없는데도 자기를 희생하면서까지 외국어를 배우려고 하는 사람에게는 끈기와 인내, 겸손 그리고 자기희생이 필요하다고 한다. 그에 따르면 사랑도 이와 다르지 않다고 말한다.

자폐증을 앓고 있는 아이를 키우는 부모는 아이를 사랑하는 법을 배워야 한다고 한다. 예를 들면 사일라 바르톤Sheila Barton은 자폐증 환자인 아들 요나단이 발작을 일으켜 몇 시간이고 벽에 머리를 박고 있을 때 아이를 안으려고 하거나 진정시키려고 하거나 말을 걸려고 하면 상황만 악화시킬 뿐이라고 배웠다고 말한다. 단지 아들 곁에 앉아, 그렇다고 너무 가까이 앉지는 말고, 아이의 발작이 끝나면 조용히 노래를 불러주는 것이 좋다는 사실을 알게 되었다고 한다. 결국 부모는 노래로 아이에게 사랑을 표현하는 셈이다.

잇사 그레이스는 사람들을 초대하여 새로운 사랑의 언어를 배우게 하고 그들의 심성을 변화시켰다. 그런데 사람들이 잇사가 침대에 편안히 앉아 있을 수 있도록 잡아주고, 잠들 때 자장가를 불러주고, 잠들면 조용히 병실을 빠져나왔다고 해서 그들이 잇사를 사랑했다고 말할 수는 없다. 또한 사람들이 잇사를 도와줌으로써 의미 있는 휴가를 보냈다고, 잇사를 도와준 경험을 바탕으로 더 나은 유치원과 학교를 세우는 일을 고민한다고 가정해보자. 그렇다고 해서 이것이 잇사가 사랑을 받았다는 증거가 될 수는 없다. 물론 도우미들은 순간순간 잇사를 사랑했다. 하지만 그들은 계획을 세워 실행하는 과정에서 잇사를 사랑한 것이 아니었다. 잇사의 상황이 '창조적으로' 사람들이 사랑의 길을 걷도록 초대한 것이다. 잇사의 엄마 펠리시아의 친구는 잇사에게 장미 꽃다발을 선물했다. 그녀는 메모 카드에 '여성이라면 살면서 적어도 한 번쯤은 장미를 받아봐야 한단다'라고 적었다. 그녀는 잇사를 초대한 것이다. "잇사, 장미의 향기를 맡아보렴!" "잇사야, 장미가 어떤 냄새가 나는지 맡아봐." 그녀는 세심하게 부모의 마음을 보살폈다.

인간의 성장이란 사랑의 언어로, 특정인을 바라보는 시선으로 자기 언어를 배우는 것과 같다. 이를 간결하고 정확하게 말하자면 소중한 것이란 바로 사랑으로, 사랑을 만들어내고 사랑으로 만들어지는 것을 의미한다.

7 자기 삶을 바라보다

우리는 애정 어린 눈길로 자신의 삶을 바라볼 수 있어야 한다. 이것이야말로 나 자신과의 우정에서 핵심이고 그래야 우리는 자신과의 우정에 타인과의 우정처럼 관심과 주의를 기울일 수 있다. 이를 위해 안전한 공간과 시간이 필요하다. 말하자면 평온과 고민의 순간이 요구된다.

우리는 지인의 성장에 도움이 되었으면 하는 마음으로 바른 소리를 하곤 한다. 이때 바탕이 되는 것이 바로 신뢰, 소중한 우정이다. 진정으로 그를 위하는 마음에서 긍정적인 쓴소리를 하기 때문에 바른 소리를 한다고 해서 그와의 관계에 문제가 생기지 않는다. 이는 나 자신과의 우정에서도 마찬가지다. 만약 내가 진심으로 나를 위하는 긍정적인 마음으로 바른 소리를 할 때 건실한 자기비판이 가능하다. 호르헤 마리오 베르고글리오Jorge Mario Bergoglio는 프란치스코 교황으로 선출되기 이전인 1984년 '자기반성'에 관해 글을 썼다. 어려운 상황에 처했을 때 타인에게 잘못을 돌리기보다는 가장 먼저 자신의 내면을 유심히 들여다볼 수 있는 능력과 마음을 가져야 한다는 내용이었다. 여기서 '자기반성'은 마오쩌둥의 전체주의가 횡행했던 시기 중국의 자아비판처럼 자기 파괴적인 행위가 아니다. 오히려 성장의 과정, 성숙에 이르는 과정에서 모든 책임을 자신이 지겠다는 자세이자, 자신을 비판하면서 자기 자신과의 우정을 쌓는 삶의 자세다. 이 자기반성은 자기 자신을 진심으로 긍정하는 마음이 있어야 하기 때문에, 우리는 삶을 바라보는 관점을 진지하게 고민해야 한다.

자기 삶을 바라보는 기술은 절대 단순하지 않다. 어떤 사람은 연도별로 작성한 이력서로 자신의 삶을 되돌아보기도 하고, 어떤 사람은 자기 삶에서 결핍되거나 성취하지 못한 것만 보기도 한다. 이처럼 자기 삶을 바라보는 관점은 매우 다양하다. 우리의 삶은 도시와 비교할 수 있는데, 세계의 각 도시가 저마다 자기만의 개성과 색깔을 가진 것처럼 삶도 마찬가지다. 또한 자신과 좋은 관계를 맺는 것은 우리가 언제고 마음껏 자기 집을 드나드는 것과 같으며, 함께한 순간을 기억하는 것은 집에 맘에 드는 가구를 비치하는 것과 같다. 어쨌든 우리는 살면서 수많은 만남과 경험을 쌓고, 이를 다양한 관점에서 바라볼 수 있다.

이런 맥락에서 흥미로운 점은 전기伝記 문학 장르다. 우리는 자신의 삶을 어떻게 서술할 수 있을까? 기본적으로 모든 인생에는 사람들에게 들려줄 만한 이야기가 있다. 임레 케르테스Imre Kertész는 자신의 전기를 인터뷰 방식으로 풀어낸 《K의 개인 기록*Dossier K*》을 출간했다.[49] 이런 방식 외에도 우리는 사람들과 주고받은 편지를 토대로 전기를 쓸 수도 있고, 집안의 집기에 얽힌 에피소드로도 전기를 쓸 수 있다. 또한 중요한 만남이나 인생의 결정적인 순간도 전기를 쓰는 중요한 모티브가 될 수 있다.

우리는 다니엘 페나크Daniel Pennac[50]나 폴 오스터Paul Auster[51]처럼 자신의 몸을 모티브로 전기를 완성할 수도 있다. 페나크는 자신의 소설 《몸의 일기》에서 유년 시절부터 자신의 몸을 소재로 일기를 쓰기 시작한 남자 주인공을 등장시킨다. 폴 오스터는 66세의 나이에 자서전 성격을 띤 《겨울일기》를 출간했다. 여기서 그는 상처투성이인 자신의 몸을 묘사한다. 몸에 남아 있는 세월의 흔적은 인생사가 어떠했는지를 설명해주고, 인생사에 담긴 여러 경험과 사람에 관한 이야기도 들려준다. 아무런 거리낌 없이 그는 자기 몸에 새겨진 삶의 흔적 가운데 21개를 선정하여 목록으로 만들었다. 오스터의 몸과 그의 통찰은 오직 그만이 가지고 있는 진실을 담고 있으며, 나이를 먹고 늙어가는 것에 관해 더 많은 것을 깨우쳐주고 있다.

이와는 완전히 다른 방식으로 자서전을 쓰는 법을 제안한 이가 아우구스티누스Augustinus다. 그가 자성自省의 연습이라는 색다른 방식으로 전기를 집필한 《고백록》은 자기 영혼의 움직임과 노력 그리고 내면을 다루고 있다. 그는 특별히 기억에 집중했다. '자신의 모든 기억을 간직하고 있다면 보물을 지니고 다니는 것과 다를 바가 없다!' 기억은 경험이자 내면의 일부분이다. 우리는 이것을 어린 시절의 기억과 연결해서 생각해볼 수 있다. 어린 시절의 기억은 상상력을 끌어내는 반짝이는 별과 같다. 이와는 다르게 우리는 이런 찬란한 기억이 아닌 불행한 기억으로도 자서전을 집필할 수 있다. 수산나 타마로Susanna Tamaro[52]는 자신의 전기 《끔찍한 천사*Ogni angelo é tremendo*》에서 애정이 결핍된 유년기 시절의 한 장면을 끄집어낸다. '여자아이는 아동용 책상에 앉아 있는 오빠를 바라보고 있다. 그런데 갑자기 아버지가 오빠의 뺨을 후려치자 오빠는 순식간에 그녀의 시야에서 벗어나고 말았다.' 입학할 시기에 이와 같은 경험을 한 사람의 미래를 상상해보면 그리 순탄할 것 같지는 않다.

이처럼 자서전을 집필하는 여러 방식을 통해 우리는 자신의 삶을 바라보는 여러 관점이 있음을 알 수 있다. 나는 네 가지 관점을 제시하고 싶다. 만약 우리가 사람에 대해, 어떻게 살 것인가에 대해 다시 한번 고민하고 싶다면 이 네 가지 관점을 우리 삶에 적용해보는 것이 좋을 것 같다. 네 가지 관점이란 삶의 위협에 대처하고, 후손에게 모범이 되고, 적(상대)을 존중하고, 신의 뜻에 맞게 삶을 사는 것으로, 이는 소중한 삶을 사는 것과 동일하다.

'위협에 대처하는' 관점은 인생길을 미리 준비해두었던 선조의 역사나 인류사에서 잘 드러난다. 여기에는 기대와 희망이 있을 뿐만 아니라 내 인생에 가득 찬 난관과 갈등도 있다. 또한 이런 삶에는 어떤 문제를 해결하거나 해소해야 하는 의무가 있다. 그것이 가족의 내력인 광기를 잠재우는 의무일 수도 있다. 존 번사이드John Burnside[53]는 자신의 자서전 《내 아버지에 대한 거짓말*A Lie About My Father*》에서 아버지와 일련의 소문('잔인하고 권위적인 데다 주정뱅이에 입도 매우 거칠다')에 관련하여 종지부를 찍는다. 그의 책을 읽다 보면 우리는 이런 아버지의 영향 아래에서 소중한 삶을 살기 위해서는 얼마나 많은 치유를 경험해야 하는지 유추해볼 수 있다. 그러면 잇사 그레이스와 가까운 친지는 어떻게 대처했을까? 심각한 병을 갖고 얼마 살지 못하는 운명으로 태어난 잇사의 삶에 조카와 사촌은 잘 대처했을까?

'후손에게 모범이 되는' 삶이란 후손에게 길을 열어주는 것이다. 후손의 발목을 잡아 삶의 기회를 제한하지 않아야 한다. 본인이 진 빚을 자식에게 전가하지 않고, 본인 때문에 나중에 자식의 삶을 어렵게 만들지 않아야 한다. 후손에게 모범이 되려면 자신의 주변 환경에 어긋나지 않고 주의를 기울이며 살아야 한다. '자손을 바라보며 사는 인생' 또한 삶의 기술의 또 다른 형태다. 이는 다음 세대에 지우게 될 짐이 무엇일지를 현명하게 고민하는 것이다. 사스키아 융니클Saskia Jungnikl은 덤덤하게 2008년 7월 자살한 아버지에 관해 이야기했다. 당시 그녀의 나이는 27세였다. "그날 이후로 저는 우유를 넣은 홍차를 마시기 시작했어요." 그녀의 아버지는 총으로 자살했다. "전 아빠처럼 총으로 자살하지는 못할 것 같아요. 만약 자살하면 남은 가족에게 자기 죽음이 어떤 상처를 줄지 한 번이라도 생각해본 적이 있거나, 그런 상처를 직접 느껴본 사람이라면 절대로 자살하지 못할 거예요.” 이는 후손에게 자신의 삶이 어떤 영향을 미치는지를 잘 보여준다. 이뿐만 아니라 인간은 본래 혼자 살 수 없고, 상호 관계에서 벗어날 수 없는 존재임을 분명히 일러주고 있다.

‘적(상대)을 존중하는’ 삶이란 손해를 볼지라도 소중한 것을 부여잡고 올곧고 성실하게 사는 삶이다. 이와 같은 삶은 적을 존중하는 마음으로 대하는 사람에 의해 빛을 발한다. 예를 들어보자. 미국 신학자 에버리 덜레스Avery Dulles는 데이비드 트레이시David Tracy의 책 《질서를 위한 열망*Blessed Rage for Order*》 서평을 썼다. 그는 트레이시의 책이 비본질적인 것을 다루고 있다며 이를 목록으로 작성하면서까지 비판했다. 하지만 이 책이 신학 논쟁에서 큰 영향을 끼칠 정도로 매우 뛰어나다고 그는 명확하게 말한다. 그의 말이 사실이라면 그는 분명히 적(상대)을 존중하고 있다.

‘신의 뜻에 맞게 사는’ 삶이란 신이 흡족해하며 바라보는 삶이다. 조지 뮐러George Müller는 젊은 시절에 큰 결심을 했다. 그는 절대로 대가를 바라고 일을 하지 않을 것이며 자신의 재정 상황을 누구에게도 말하지 않고 설교자로, 고아를 돌보는 사람으로 살겠다고, 신의 뜻에 따라 헌신하겠다고 다짐했다. 의미심장한 그의 삶은 경건함마저 보여준다. 신의 뜻에 맞게 사는 사람은 신의 시선을 견뎌낸다. 한번 생각해보자. 나는 너무 과도하게 비밀주의를 고집하는 사람을 알고 있었다. 처음에는 그의 고집에 화가 치밀어 올랐다. 하지만 모두가 놀랄 만한 계획을 세우고 있다는 사실을 나중에 알고서 그를 이해했고 나의 성급함에 부끄러움을 느꼈다. 여기에 조금 더 덧붙여보자. 내가 살면서 했던 모든 행동을 신 앞에서 변명해야 한다면 얼마나 부끄럽겠는가! 신과 함께 나의 삶 전체를 영상으로 들여다본다고 가정해보자. 내가 일을 하면서 얼마나 이기적인 고집을 부렸고, 의도적이든 그렇지 않든 얼마나 비밀주의를 고집했는지 확인할 수 있을 것이다. 그때 난 차마 고개를 들지 못할 것 같다. 교회의 보물을 탐내던 로마 집정관의 협박에도 불구하고 교회의 물건을 가난한 사람에게 나눠준 성 라우렌시오Laurentius 부제가 말한 것처럼 신의 뜻에 맞는 삶은 신이 자신을 쳐다보는 시선을 견뎌내는 것이다.

소중한 삶이란 삶의 위협에 대처하고, 후손에 모범이 되고, 적을 존중하고 신의 뜻에 맞게 사는 삶이다. 한마디로 말해 '인간적인' 삶이다!

8 행복 여행

프랑스 정신과 의사인 프랑수아 를로르François Lelord[54]는 자신이 직접 집필한 여러 소설에서 행복과 소중한 삶을 찾아나서는 꾸뻬 씨를 묘사한다. 행복과 소중한 것을 찾아 떠나는 여행은 무척 매력적이지만 동시에 쉽게 결정할 수 없는 모험이기도 하다. 꾸뻬 씨는 결단을 내리고 특별한 경험과 특별한 사람을 만나는 여행길에 오른다. 그리고 여행으로부터 얻은 지혜와 통찰을 우리에게 전한다. 행복은 자기 삶을 긍정하는 능력이자 자세인 동시에 삶을 긍정하는 가운데 만나는 소중한 것과 관련이 있다. 이때 차원이 다른 행복과 슬픔을 나란히 경험하기도 한다. 이승에서 아버지와 보내는 시간이 끝나고 이별을 고할 때 주체할 수 없는 슬픔에 눈물도 흘리지만 내게 행복을 전해준 아버지에게 감사하는 마음도 잊지 않게 된다. 잇사는 부모에게 커다란 슬픔과 행복을 동시에 선물했다. 이처럼 행복은 고차원적인 개념이지 단순히 들뜬 기분이 아니다.

이제 나는 행복을 찾아 나서는 여정에서 여러 핵심어를 통해 이정표를 제시하고자 한다. 이는 나의 삶이 행복하다는 오만함에서 비롯한 것은 아니다. 한편으로는 자기 삶의 행복을 찾는 여정이 얼마나 소중한 것인지를 보여주기 위해, 다른 한편으로는 각각의 인생에서 적용할 수 있는 공통 요소가 존재하고 있음을 보여주기 위해 나의 경우를 보여주고자 한다. 자신을 돌아보는 짧은 여행을 떠나보길 추천한다. 이런 여행은 말로 전해줄 만한 특별함은 거의 없어 보이지만 실제로는 보다 더 많은 것을 보여줄 수 있기 때문이다. 행복을 찾아 떠났던 나의 여행은 7개의 이정표, 즉 7개의 도시 이름으로 표현했다. 레르헨발트Lärchenwald, 판들Pfandl, 악삼스Axams, 인스브루크Innsbruck, 메리놀Maryknoll, 런던London, 레르헨발트Lärchenwald.

레르헨발트

나는 오스트리아 잘츠카머구트 지역에 있는 바트 이슐에서 자랐다. 9년간 부모, 형과 함께 아름다운 집에서 세를 내고 살았다. 주위에 넓은 목초지가 있었고 산도 보였고 정원에는 오래된 나무가 서 있었다. 9년 동안 나는 형과 함께 마음껏 놀았다. 축구도 했고, 곤충도 관찰했고, 버찌를 따서 먹었고 씨 멀리 뱉기를 하면서 놀았다. 꿈과 같은 9년의 세월이 지나고 나서, 12살 되었을 때 우리 가족은 집주인의 요구로 집을 비워주어야 했다. 그것으로 내 유년 시절은 끝났다. 레르헨발트에서 보낸 시간은 행복했다. 이 시기를 한마디로 이렇게 표현하고 싶다. '부모의 보호를 받으며 마음껏 뛰어놀다.'

내가 보기에 행복은 보호 속에서 자유롭게 뛰어다니는 것과 연관 있는 것 같다. 자유롭게 돌아다니며 마음껏 자연을 탐구할 수 있었던 것은 내게 무엇과도 바꿀 수 없는 행운이었다. 오늘날 '자연 결핍'이라는 개념은 아동 연구 분야로 퍼지고 있다(리처드 루브Rochard Louv의 자연 결핍 장애[55]). 제이 그리피스Jay Griffiths[56]는 영국에서 자유롭게 방랑할 수 있는 평지가 울타리로 가로막히고, 콘크리트로 덮여 사라지고 있다고 한탄한다. 그의 말은 많은 어린아이가 자유롭게 뛰어다닐 수 없고 단지 외부로부터 안전한 곳에서 '보호만 받고 있다'는 점을 지적하고 있다. 이에 비해 레르헨발트에 있던 정원은 낮은 울타리만 처져 있다. 정원의 한 면만 도로로부터 보호하는 역할을 할 뿐 다른 세 면은 정원과 초원의 경계가 모호했다. 형과 나는 외부의 위험으로부터 지켜주는 우리 안에 있다는 느낌을 받았고, 위험이 가득한 밖으로 내쫓기지 않을 거라는 막연한 느낌을 받았다. 이처럼 안전히 보호받고 있다는 감정(이곳에서 안전하게 성장할 수 있다는 감정)은 내게 행복감을 가져다주었다.

판들

판들은 바트 이슐과 인접한 작은 마을이다. 그곳에서 큰아버지는 초등학교 교장을 지냈고 지역 교육원 책임자로도 활동했다. 그래서인지 나는 처음으로 발표회에 나가 연설할 기회가 있었다. 이것은 대단한 경험이었다! 발표회 원고를 준비하고 잘 끝냈다는 기쁨에 들떴었다. 내게 이 경험은 소위 말하는 '건설적인 활동'이었다. 아리스토텔레스의 설명에 따르면 좋은 것은 건설적인 활동 위에 있으며 이것이 바로 행복이다. 내 생각에 건설적인 활동은 네 가지 특징을 갖고 있다. 첫 번째 특징은 '그냥 그렇게' 시작할 수 없다는 점이다. 다시 말해 이런 활동을 하기 위해서는 준비하고 연습할 시간이 필요하다. 여기서 우리는 행복을 심리적 억제, 가령 긴장감 같은 심리와 연관시킬 수 있다. 발표회는 설렘이라는 선물을 전해준 동시에 준비를 요구했고 기회가 주어졌다는 생각에 나를 긴장하게 했다. 만약 발표회와 같은 기회를 놓치고 싶지 않고 잘하고 싶어 의지를 불태우며 준비한 사람은 내가 받았던 심리적인 압박을 잘 알고 있을 것이다.

건설적인 활동에서 받는 심리적 압박은 예수회 설립자인 이그나티우스 드 로욜라Ignatius de Loyola도 예외일 수 없었다. 이그나티우스는 1521년 전쟁터에서 포탄을 맞아 무릎을 다쳐 로욜라로 돌아와 자기 성에서 요양했다. 병상에 누워 있기 지루했던 그는 읽을거리를 찾았다. 서푼짜리 싸구려 소설과 성서 중에 무엇을 읽을까 고민했다. 싸구려 소설은 쉽게 책장이 넘어가겠지만 다 읽고 나면 공허할 것 같다는 생각이 들었다. 그에 반해 성서를 선택하면 뭔가 좀 다른 기분과 함께 정체를 알 수 없는 문턱을 반드시 넘어야 할 것 같은 막연한 느낌이 들었다. 성서를 읽으면서 뭔가를 도모해야 할 것 같고 마지막 책장을 덮었을 때는 내면에 기쁨과 충만함이 가득 찰 것 같았다. 이런 그의 생각은 건설적인 활동을 이해하기 위한 첫 번째 요건이다. 건설적인 활동은 무엇인가를 요구하며, 이때 우리는 알 수 없는 문턱을 넘어야 한다.

건설적인 활동의 두 번째 특징은 확장성이다. 건설적인 활동을 갈고 닦으면 더 나은 사람이 될 수 있고 자신을 성장시킬 수 있으며 자신의 능력을 키울 수 있다. 이 활동이 도달할 수 있는 종착점은 존재하지 않으며 동시에 활동의 완성도 없다. 건설적인 활동에 어울리는 예가 요리와 영화 제작이다. 여기서 말하는 요리는 냉동식품을 데우는 것과는 엄연히 구분된다. 영화 제작 역시 단순히 텔레비전 시청과는 다른 차원의 활동이다. 이 외에도 곡 연주, 축구 경기, 글쓰기, 철학서 탐구, 수공 제작, 예술 활동 등이 있다. 이 모든 활동은 더 확대할 수 있다. 내 경우에는 발표회 경험이다. 발표 능력은 처음보다 더 나아졌고 다른 능력으로 발전할 수 있었다. 이처럼 건설적인 활동에는 성장과 다른 능력으로 확대될 수 있는 여지, 가능성이 존재한다.

건설적인 활동의 세 번째 특징은 목표 설정이다. 발표

회 준비의 마지막은 강단에서 하는 발표다. 요리의 마지막은 식사이고, 연주의 마지막은 공연일 것이며, 그리기의 결과는 작품일 것이고, 목공의 마지막은 탁자와 같은 가구로 완성되는 것이다. 이런 활동은 '어떤 결과물'을 만들어낸다. 비록 그 어떤 결과물이 '사물로 남는' 것이 아니라고 해도 말이다(음악 작품은 공연이 끝난 후에는 탁자와는 다른 방식으로 남을 것이고, 발표회는 식사와는 다른 방식으로 남는다).

건설적인 활동의 마지막 특징은 스타일의 개방성이다. 다시 말해 이런 활동에는 특정 스타일이란 게 없다. 자기만의 스타일을 발전시킬 수 있다. 왜냐하면 건설적인 활동 자체에 그럴만한 여지가 충분히 내재해 있기 때문이다. 내 아내와 이웃은 이탈리아 요리에 열광하지만 서로 다른 방식으로 요리를 한다. 내 친구 루돌프는 요하네스와 다른 방식으로 나무를 다듬는다. 또한 내가 연설하는 방식은 노련한 수술 솜씨를 자랑하는 의사 친구의 방식과는 다르다. 나만의 방식으로 뭔가를 한다는 감정이 무엇인가를 만들어낸다. 내가 판들에서 발견한 것이 바로 이것이다. 건설적인 활동은 까다롭고, 확장성이 뛰어나고, 목표를 설정하고, 자기만의 방식을 갖는 창조 행위다.

악삼스

행복을 찾아 나섰을 때 발견한 세 번째 장소가 바로 악삼스다. 이때 난생처음 국제 모임에 참석했다. 17개 국가에서 온 사람들 가운데 나는 여러 언어로 말하는 참석자들과 그들의 다양한 문화를 경험했다. 이때의 경험을 잊을 수가 없었고, 특히 안톤 신부님이 기억에 많이 남는다. 이 경험을 통해 지평이 넓어졌고, 가능성 감각Möglichkeitssinn을 알게 되었고, 내게 새로운 세계가 열렸다. 즉 세계를 바라보는 나의 눈이 넓어졌고, 로베르트 무질Robert Musil[57]이 명명한 가능성 감각이 내게도 나타났다. 무질이 말한 가능성 감각이란 모든 것이 이전과는 다를 수 있다고 인식하는 능력이다. 그렇다고 해서 이 가능성 감각이 모든 것을 이전과는 다르게 무조건 변화시키는 것은 아니다. 오히려 가능성 감각은 현재 상태Ist-Zustand가 고정되어 있기보다는 유동적이고 변형될 수 있으며, 이를 우리가 인식하기를 바라는 일종의 표현이다.

나는 이 다를 수 있음을 국제 모임에서 젊은 남자를 만났을 때 경험했다. 그는 나와는 다른 문화권과 언어권에 살면서 다른 생각, 다른 생활 방식, 다른 감정을 지니고 있던 남자였다. 그와의 만남을 통해 나는 깨달았다. '모든 것이 다를 수 있다.' 이런 깨달음은 일종의 해방감을 가져다주었다. 나는 악삼스에서 행복을 떠받치고 있는 삶의 기쁨으로 지평이 확대되고 가능성 감각을 발견하는 경험을 했다.

인스브루크

행복을 찾아 떠난 네 번째 장소는 인스브루크다. 여기서 나는 처음으로 고용주를 만났고, 대학에서 첫 직장을 가졌다. 나는 조교로 직장 생활을 하면서 어딘가에 묶여 있다는 것이 무엇인지를 경험했다. 또한 동료를 사귀면서 교감을 나누고 인간관계를 넓혀나갔다. 대학에서의 활동도 마찬가지로 인생이었고, 만남과 활동의 공간이었다. "앞으로 나는 어떤 직업을 선택할 것인가?"라는 질문을 놓고 고민했다. 그리고 대학에 남기로 결정을 내렸다. 이 결정으로 대학에서 연구와 강의를 할 수 있었고, 학술 모임과 회의를 독자적으로 조직할 수 있었고, 논문과 책을 쓸 수도 있었으며, 다른 대학에서 나를 초빙할 수도 있었다. 무엇보다 학생들과 '영감을 주고받을 수 있었다'. 인스브루크는 나에게 행복을 가져다주는 곳이었다. 이곳에서 나는 일하고 경력을 쌓고 삶을 꾸려나가고 사회로 나갈 수 있었다.

메리놀

이곳은 나의 다섯 번째 장소다. 메리놀은 뉴욕주에 속해 있으며 신학교가 있는 작은 마을이다. 1994년 여름에 나는 메리놀에서 아내 마리아를 만났고 여름 학기 내내 멋진 시간을 보냈다. 이곳에서 보낸 시간은 살면서 가장 행복했고 가장 고통스러웠다. 진심 어린 사랑을 했고 동시에 사랑했던 연인과 헤어졌다. 서두에 밝힌 것처럼 나는 눈물 없는 사랑도, 고통 없는 사랑도 믿지 않는다.

런던

2005년 나는 잘츠부르크 대학에서 런던 대학으로 자리를 옮겼다. 하지만 처음에는 정말 불행했다. 여러 사정이 생겨 가족과 생이별을 해야 했고, 설상가상으로 아버지가 뇌출혈로 쓰러져 병석에 누웠다. 일련의 불행한 경험은 내게 행복을 찾는 초석이 되었다. 성서에는 낯선 신을 좇는 자에게는 많은 고통이 따른다는 구절이 있다(시편 16장 4절). 예전에 나는 과도한 공명심, 자만, 경솔함 그리고 과대평가를 좇고 있었다. 이 모든 것이 바로 낯선 신들이다. 런던 대학에서 가족과 떨어져 홀로 지낼 때, 당시 막내아들이 아직 아기였을 때, 내가 무엇을 했는지 아직도 기억하고 있다. 당시에 내게는 행간을 읽고 쓰는 능력이 없었다. 한마디로 쇼크 상태에 빠져 있었다. 그리고 내게 소중한 것이 무엇인지 깊이 고민하면서 한 가지 질문이 떠올랐다. 내가 이토록 불행했던 이유는 무엇일까? 내가 무엇을 하고, 어떤 삶의 태도를 취했을 때 불행했던가?

레르헨발트

행복 여행의 일곱 번째 장소인 레르헨발트에서 여행이 종결되었다. 바트 이슐을 떠난 이후에도 종종 이곳을 방문한다. 그때마다 레르헨발트가街에 있는, 예전에 살던 집을 들르곤 한다. 집은 이미 재건축되었고 정원은 더 이상 이전의 모습을 찾아볼 수 없을 정도로 변해버렸고, 노목은 잘렸으며, 집 앞에 펼쳐져 있던 초원에는 여러 집이 들어섰다. 예전의 우리 집은 더는 존재하지 않았고, 알아볼 만한 흔적조차 남지 않았다. 그런데도 레르헨발트 집에 살면서 경험했던 기억은 여전히 남아 있다. 그 기억은 오직 나만의 것이다. 나는 이 기억을 오래도록 간직할 것이다. 가끔 잠들지 못할 때 기억을 더듬어 지금은 존재하지 않는 이 집의 방을 돌아다닌다. '내면의 것', 기억에 풍부하게 남아 있는 것과 감정, 상상하고 생각한 것, 이 모든 것을 누구도 내게서 빼앗아 갈 수 없다. 이 모든 것은 나의 행복을 채우는 본질적인 구성 요소다. 이것은 다시 번잡한 세상에 나가는 나를 격려하기 위해 내 안에 들어와 잠시 머물다 간다.

이 행복 여행은 당연히 나의 개인적인 모험이다. 하지만 일련의 생각은 다음의 일반적인 것들과 연결될 수 있다. 사람은 보호받고 있는 영역에서 자유롭게 움직일 수 있고, 건설적인 활동을 행할 수 있으며, 자신의 지평을 넓히고, 가능성 감각을 인식하고, 삶에서의 안착을 경험하고, 진정한 사랑을 알고, 낯선 신들을 좇으면서 고통을 겪고, 풍부한 내면의 것을 쌓을 수 있다. 마지막으로 삶에는 자신과의 우정을 고착할 수 있는 '공간'이란 게 존재한다.

9 나 사용 설명서

한때 나는 책을 출간할 만한 좋은 아이디어를 가지고 있었다. 이 아이디어는 딸과 썩 유쾌하지 않은 대화를 나누면서 떠올랐다. 딸은 친구 집에서 놀다가 외박을 해도 되는지 물었다. 곧이어 딸은 짜증이 가득 섞인 목소리로 말했다. "이제는 파티 때문에 외박한다고 허락받지 않아도 되지 않아? 언제까지 허락을 받아야 되는데?" 나는 딸에게 굳이 그렇게 말할 필요는 없다고 말했다. "먼저 아빠한테 어떤 파티인지 말해주렴. 그러면 네가 친구네 집에서 하룻밤 자고 그 다음 날 집에 온다고 해도 아빠는 걱정하지 않을 거야. 아빠는 지금 인생 사용법을 설명하고 있어. 말하자면 너와 너를 걱정하는 아빠가 함께할 수 있는 방법이지." 물론 이 아이디어가 책으로 출간될 일은 거의 없다.

이그나티우스 드 로욜라는 언젠가 상사와의 올바른 관계에 관한 글을 썼다. 그에 따르면 만약 본인이 하고 싶은 것이 있다면 상사의 의견을 존중하고 결과를 열어놓는 방식으로 논의해야 비로소 하고 싶은 것을 할 수 있다. 그래도 처음 몇 주 동안 기다려야 한다고 덧붙인다. 이것이 바로 인간관계에서의 '사용 설명서'다.

집을 청소하고 청결을 유지하는 데는 진공청소기가 필요하다. 그런데 진공청소기의 사용법을 안다고 해서 집이 청소되고 청결이 유지되는 것은 아니다. 하지만 진공청소기의 사용법을 읽어보고 익혀두면 매우 유용하다. 예전에 강의하러 다닐 때 어떤 부인을 알게 되었다. 그녀는 아침을 먹을 때 다른 사람으로부터 멀리 떨어져 앉았다. 그녀는 아침부터 다른 사람에게 말을 거는 것을 좋아하지 않았다. 그녀의 습관이 나쁘다고, 그녀가 유별나다고 말할 수는 없다. 단지 그녀의 성격 탓이다. 나 또한 아침에 지하철을 이용하는 동안 담소 나누는 것을 선호하지 않는다. 악의가 있어서 그런 게 아니라 단지 나의 성격 탓이다. 하지만 그녀와 나의 경우를 성격의 탓만으로 치부할 수는 없다. 여기서 '나 자신과의 올바른 우정' 요건이 요구된다. 그런데 뜬금없지만 만약

나 자신을 위해 사용 설명서를 만든다면 그것을 뭐라고 부를까? 이것이야말로 어떠한 사심도 없는 솔직한 자기 초대다.

나 자신을 위한 사용 설명서를 작성하는 것은 좋은 일이다. 또한 자기 자신과의 우정에서 이런 사용 설명서대로 행동하고 사는 인생도 괜찮은 방법이다. 내가 오전에 일을 잘한다는 사실을 알고 있다면 그대로 내 삶을 꾸려나가면 된다. 일과 중에 틈틈이 혼자 있는 시간이 필요하다는 사실을 알고 있다면 그런 시간을 갖도록 노력해야 한다. 자기 자신과 사귀는 기술이란 자기 자신을 알고 내가 발전할 수 있는 요건을 지원하는 일이다. 나 자신에게 편지를 쓰는 일도 자기 자신과 우정을 쌓는 좋은 기술이다.

《니코마코스 윤리학》은 아리스토텔레스가 아들 니코마코스를 위해 집필한 책이다. 만약 나 자신을 위한 윤리학을 쓴다면 우리는 어떻게 할 수 있을까? 나는 라이너 마리아 릴케Rainer Maria Rilke가 1903년 2월 17일 프란츠 크사버 카푸스Franz Xaver Kappus에게 보낸 편지가 떠올랐다. 젊은 카푸스는 이미 명성을 크게 얻고 있었던 릴케에게 자작시를 보내 평가를 부탁했다. 이렇게 두 사람의 서신 왕래는 시작되었고, 《젊은 시인에게 보내는 편지》로 출간되었다. 사관학교를 졸업하지 못한 20살의 청년에게 릴케는 공들여서 편지를 썼다.

릴케는 그에게 세세한 부분까지 설명했다. 릴케 자신은 시를 판단하지 않을 것이고 그럴 수도 없다고 말했다. 그리고 카푸스에게 자신의 시를 다른 사람의 것과 비교하지 말라고 조언했다. 카푸스는 또 물었다. “저는 시인인가요?” 릴케는 이번에도 역시 친절하게 답장을 써서 보냈다. “질문의 답을 알고 싶은가? 나에게 좋은 방법이 있다네. 그리고 유일한 방법이기도 하지. 자네의 내면으로 들어가게나. 그리고 자네가 글을 쓰고 싶은 이유가 무엇인지 탐구해보게. 그러고 나서 그 이유가 자네의 가슴 깊은 곳에 뿌리를 내리고 있는지 확인해보게나. 또한 자문해보게나. 만약 자네의 가슴이 글쓰기를 거부할 때 죽을 수 있는지를 말이야. 무엇보다 가장 고요한 밤 시간에 물어보는 게 좋을 걸세. ‘정말 나는 죽을 수 있을까?’ 진실한 답을 찾고 싶다면 내면 깊은 곳으로 파고 들어가야 한다네.”

릴케의 조언은 매우 놀랍다. 자기 자신에게 편지를 쓰는 일도 이처럼 유익할 수가 있다. 공들여서, 한 자 한 자 정성을 다해서 쓰는 것이 좋다. 작은 엽서를 채울 만한 길이도 상관없다. 잇사 그레이스는 어떠한 기회도 갖지 못했지만, 자신의 삶으로 이 편지를 대신했다. 계속해서 읽을 수 있고, 사람들을 감동하게 만드는 삶의 편지로 말이다. 작디작은 소녀였던 잇사는 계속해서 꽃을 피우고 있다. 다시 말해 작은 소녀 덕분에 우리는 생각의 꽃을 피우고 삶의 영감을 열매 맺고 있다.

그래서 우리는 언제나 우리 자신에게 사랑스럽고 깨어 있는 눈으로, 솔직하고 진지하게 말할 수 있을 것이다. "두려워 마. 꽃이 필 거야. 바로 우리 뒤에서."

참고 문헌

Rachel ADAMS, *Raising Henry: A Memoir of Motherhood, Disability&Discovery*, New Haven, CT, 2013.

Martha BECK, *Expecting Adam: A True Story of Birth, Rebirth and Everyday Magic*, London, 2000.

John BURNSIDE, *Lügen über meinen Vater*, München, 2011.

Bill CLEGG, *Portrait of an Addict as a Young Man: A Memoir*, London, 2012.

Bill CLEGG, *Ninety Days: A Memoir of Recovery*, London, 2012.

Alfred DELP, Roman BLEISTEIN, *Gesammelte Schriften 4. Hg*, Frankfurt/Main, [2]1985.

Papst FRANZISKUS, *Über die Selbstanklage: Eine Meditation*

über das Gewissen, Freiburg/Br., 2013.

Robert GOOLRICK, *Das Ende der Welt, wie wir sie kennen*, München, 2013.

Jay Griffiths, *Kith: The Riddle of Childscape*, London, 2013.

Christine HAIDEN, Petra RAINER, *Vielleicht bin ich ja ein Wunder: Gespräche mit 100-jährigen*, St. Pölten, 2006.

Thomas HARDING, *Kadian Journal: A Father's Story*, London, 2014.

Saskia JUNGNIKL, *Papa hat sich erschossen*, Frankfurt/Main, 2014.

Una KROLL, *Bread Not Stones: The Autobiography of an Eventful Life*, Winchester, UK, 2014.

Amanda LINDHOUT, *A House in the Sky*, London, 2014.

Yann MARTEL, *Schiffbruch mit Tiger*, Frankfurt/Main, 2003.

Thomas MERTON, *The Seven Storey Mountain*, Reprint, London, 2009. [독일판: *Der Berg der sieben Stufen. Die Autobiografie eines engagierten Christen*, Ostfildern, [4]2010.]

Damiano MODENA, *Carlo Maria Martini: Wenn das Wort verstummt*, München, 2014.

Sally MORGAN, *My Place*, London, 2012.

Alice MUNROE, *Liebes Leben*, Frankfurt/Main, 2013.

Susan NEIMAN, *Why Grow Up?*, London, 2014.

Daniel PENNAC, *Der Körper meines Lebens*, Köln, 2014.

Georges PEREC, *Das Leben. Gebrauchsanweisung*, Roman. Aus dem Französischen übersetzt von Eugen Helmlé, Frankfurt/Main, 2002.

Rainer Maria RILKE, *Briefe an einen jungen Dichter*, Frankfurt/Main, 2000.

Robert SKIDELSKY, Edward SKIDELSKY, *Wie viel ist genug? Vom Wachstumswahn zu einer Ökonomie des guten Lebens*, München, 2013.

Bronnie WARE, *5 Dinge, die Sterbende am meisten bereuen*, München, 2013.

Nicholas WOLTERSTORFF, *Lament For A Son*, Grand Rapids, MI, 1987.

옮긴이 주

1 힐데 도민(1909~2006). 독일 쾰른의 유대인 가정에서 태어났다. 법률가인 아버지의 권유로 하이델베르크 대학 법학과에 입학하였으나 시를 쓰기 시작하면서 국민경제학으로 전공을 바꾸었다. 히틀러 정권을 피해 로마로 피신했다가 1936년 이탈리아에서도 유대인 핍박이 거세지자 도미니카 공화국으로 피신해 본격적으로 작가 인생을 시작했다. 전쟁이 끝나고 1954년 다시 하이델베르크로 돌아온 그녀는 섬의 이름 '도민'을 따서 필명으로 삼았다. 1959년 첫 번째 시집 《장미 한 송이만으로 *Nur eine Rose als Stütze*》를 출간했다. 시 외에도 동화, 소설, 에세이, 평론을 발표했다. 특히 서정시 분석 〈오늘날의 서정시 *Wozu Lyrik heute*〉로 횔덜린상을 받았다. 2004년 하이델베르크시는 그녀를 명예시민으로 선정하고 망명문학을 기리는 '힐데 도민상'을 제정하여 3년마다 수여하고 있다.

대표작으로는 〈선박의 귀환*Rückkehr der Schiffe*〉 〈여기*Hier*〉 〈희망만이라도 *Aber die Hoffnung*〉 〈그럼에도 꽃은 핀다*Der Baum blüht trotzdem*〉 〈자유의 시*Das Gedicht als Augenblick von Freiheit*〉 등이 있다.

2 에리히 캐스트너(1899~1974). 1919년 라이프니츠에서 역사, 철학, 독문학 박사학위를 받았다. 라이프니츠 신문사에서 일하다가 1927년 베를린으로 이주해 자유기고가로 활동했다. 라이프니츠에 있을 때부터 쓰기 시작한 시를 모은 《허리 위의 심장*Herz auf Taille*》을 1928년에 출간했다. 세 권의 시집을 냈지만 그를 유명 인사로 만들어준 책은 어린이를 대상으로 쓴 《에밀과 탐정들》이었다. 이 외에도 《꼬마 아가씨와 안톤 *Pünktchen und Anton*》 《날아다니는 교실*Das fliegende Klassenzimmer*》, 바이마르 공화국의 실상을 보여주는 《파비안: 어느 모럴리스트의 이야기*Fabian. Die Geschichte eines Moralisten*》를 출간했다.

3 마태복음 25장 13절, "그 날과 그 시간은 아무도 모른다. 그러니 항상 깨어 있어라."

4 구스타보 구티에레스(1928~). 페루의 해방신학자이자 도미니크회 신부, 노트르담 대학 교수. 리마의 가난하고 억압받는 사람들을 위해 헌신하고자 신부가 되었다. 의학·문학·심리학·철학을 공부한 그의 뇌리에서 떠나지 않았던 화두는 불의와 억압의 현실 세계, 라틴 아메리카였다. 그는 성서에서 '가난하고 억압받은 자들의 경험'과 빈곤을 분석하고 해방신학이라는 새로운 신학적 패러다임을 제시했다. 가난한 이들의 존

엄을 강조한 해방신학은 라틴 아메리카 대중의 삶을 짓누르는 환경, 불의가 지배하는 사회 구조의 악에 대한 기독교인의 응답으로 요약된다. 《불의와 고난에서 하느님을 말하다》에서 구티에레스는 인간(죄 없는 사람들)이 고통받는 상황에서 어떻게 하느님을 이야기할 수 있는지, 욥이 자신의 경험을 통해 죄의 인과응보를 의심하다가 점차 하느님의 자유·사랑·정의와 은혜를 어떻게 깨닫게 되는지 보여준다. 또한 죄 없는 사람들이 고통받을 때 하느님을 이야기하는 것이 얼마나 어렵고 동시에 모진 삶을 언급하지 않으려 하는 신학이 얼마나 공허한지를 말하고 있다. 또한 고통에 대해 솔직하게 불평하는 사람들이 욥의 친구들처럼 자기 이익을 위해 예배하고 순종하는 사람들보다 더 사랑받는다고 주장한다. 구티에레스에 따르면 하느님과 사랑에 관한 이야기가 인간의 가장 절망적인 상황으로부터 멀어진다면 아무런 의미가 없다.

5 마태복음 20장 1절~16절, "1. 하늘나라는 이렇게 비유할 수 있다. 어떤 포도원 주인이 포도원에서 일할 일꾼을 얻으려고 이른 아침에 나갔다. 2. 그는 일꾼들과 하루 품삯을 돈 한 데나리온으로 정하고 그들을 포도원으로 보냈다. 3. 아홉 시쯤에 다시 나가서 장터에 할 일 없이 서 있는 사람들을 보고 4. '당신들도 내 포도원에 가서 일하시오. 그러면 일한 만큼 품삯을 주겠소.' 하고 말하니 5. 그들도 일하러 갔다. 주인은 열두 시와 오후 세 시쯤에도 나가서 그와 같이 하였다. 6. 오후 다섯 시쯤에 다시 나가보니 할 일 없이 서 있는 사람들이 또 있어서 '왜 당신들은 하

루 종일 이렇게 빈둥거리며 서 있기만 하오?' 하고 물었다. 7. 그들은 '아무도 우리에게 일을 시키지 않아서 이러고 있습니다.' 하고 대답하였다. 그래서 주인은 '당신들도 내 포도원으로 가서 일하시오.' 하고 말하였다. 8. 날이 저물자 포도원 주인은 자기 관리인에게 '일꾼들을 불러 맨 나중에 온 사람들부터 시작하여 맨 먼저 온 사람들에게까지 차례로 품삯을 치르시오.' 하고 일렀다. 9. 오후 다섯 시쯤부터 일한 일꾼들이 와서 한 데나리온씩을 받았다. 10. 그런데 맨 처음부터 일한 사람들은 품삯을 더 많이 받으려니 했지만 그들도 한 데나리온씩밖에 받지 못하였다. 11. 그들은 돈을 받아들고 주인에게 투덜거리며 12. 막판에 와서 한 시간밖에 일하지 않은 저 사람들을 온종일 뙤약볕 밑에서 수고한 우리들과 똑같이 대우하십니까?' 하고 따졌다. 13. 그러자 주인은 그들 가운데 한 사람을 보고 '내가 당신에게 잘못한 것이 무엇이오? 당신은 나와 품삯을 한 데나리온으로 정하지 않았소? 14. 당신의 품삯이나 가지고 가시오. 나는 이 마지막 사람에게도 당신에게 준 만큼의 삯을 주기로 한 것이오. 15. 내 것을 내 마음대로 처리하는 것이 잘못이란 말이오? 내 후한 처사가 비위에 거슬린단 말이오?' 하고 말하였다. 16. 이와 같이 꼴찌가 첫째가 되고 첫째가 꼴찌가 될 것이다."

6 로완 윌리엄스(1950~). 케임브리지와 옥스퍼드 대학에서 신학으로 박사학위를 받은 뒤에 신학을 가르쳤다. 1990년 영국학사원British Academy 회원이 되었고, 그 뒤 몬마우스 주교, 웨일스 대주교를 거쳐 영

국 국교회 수장으로서 캔터베리 대주교를 지냈다. 시인이자 번역가로도 활동했다.

7 창세기 2장 7절, "야훼 하느님께서 진흙으로 사람을 빚어 만드시고 코에 입김을 불어 넣으시니, 사람이 되어 숨을 쉬었다."

8 요한복음 20장 22절, "이렇게 말씀하신 다음 예수께서는 그들에게 숨을 내쉬시며 말씀을 계속하셨다. '성령을 받아라.'"

9 C. S. 루이스(1898~1963). 어린 시절 노르웨이, 그리스, 아일랜드 신화에 관심이 컸으며, 무신론자인 동시에 마르크주의에도 흥미를 보였다. 시인이자 문학가인 윌리엄 버틀러 예이츠W. B. Yeats의 영향을 받아 옥스퍼드 재학 중 1차 대전에 참전했다. 전쟁 이후 루이스는 《반지의 제왕》의 원작자로 유명한 J. R. R. 톨킨과 친구들의 영향(잉클리즈inklings 모임)을 받아 기독교로 전향했다. 그는 오랫동안 옥스퍼드 매그단 대학Magdalen College에서 강의했다. 대표작으로는 《나니아 연대기》, 우주 3부작이라고도 하는 《공간 3부작*Space Trilogy*》《순례자의 귀향*The Pilgrim's Regress*》《순전한 기독교*The Mere Christianity*》 등이 있다.

10 조르주 페렉(1936~1982). 프랑스 파리로 이주한 폴란드계 유대인 부모 사이에서 태어나 노동자 거주지역에서 유년을 보냈다. 1954년 소르본 대학에 입학했으나 학업을 중단하고 여러 잡지사에 기사와 문학 비평을 기고했다. 1962년부터 한 연구소에서 자료 정리 일을 하면서 집필에 몰두했다. 1965년 첫 소설 《사물들》로 르노도상을 받았다. 1967년

에는 전위문학의 선두에 섰던 실험문학 그룹 울리포(OuLiPo) 회원이 된다. 울리포 회원들은 자신을 '미로에서 빠져 나가야만 하는 쥐'로 규정하면서 창작자의 자유보다는 제약을 치켜세웠다. 페렉은 울리포의 정신에 따라 알파벳 e를 뺀 단어로 집필한 소설 《실종*La Disparition*》과 e가 들어간 단어만을 사용하여 쓴 소설 《돌아오는 사람들*Les Revenentes*》을 발표했다. 1978년 그는 자신의 대표작 《인생사용법》을 집필했고 메디치상을 받아 작가로서 명성을 얻기 시작했으나 1982년에 폐암으로 세상을 떠났다.

11 존 롤스(1921~2002). 미국 볼티모어에서 태어나 1950년 프린스턴 대학에서 철학 박사학위를 받고 코넬 대학, 매사추세츠 공과 대학에서 강의했고 1958년 논문 〈공정으로서의 정의*Justice as Fairness*〉를 저술했다. 1962년 하버드 대학 철학 교수가 되었고, 《정의론》 《정치적 자유주의》 《만민법》 《공정으로서의 정의》를 발표했다. 《정의론》에서 그는 당시 큰 영향력을 발휘했던 공리주의를 비판한다. 그에 따르면 공리주의가 정치적 대안 중 최선의 결과를 도출할 수 있는 사회 원리이기는 하지만, 전체주의적 특성을 가지고 있으므로 인간의 권리를 침해할 우려가 있다. 그 대안으로 '공정으로서의 정의관', 즉 공정한 절차에 의해 합의된 정의로움을 제안한다. 이를 위해 '원초적 상태original position'라는 가설적 상황이 보장되어야 하는데, 여기서 필요한 두 가지 조건 가운데 하나가 무지의 베일이다. 롤스에 따르면, 무지의 베일 상태에 놓인 합의 당사자는 자신이 속한 사회에 관해 일반적 지식만을 알 수 있을 뿐, 자신에

관한 특수한 사실, 즉 자신의 자연적 재능, 사회적 지위, 인생 계획, 가치관, 세대 등은 알 수 없다.

12 루트비히 비트겐슈타인(1889~1951). 논리학, 수학 철학, 심리 철학, 언어 철학 분야에 업적을 남기고 논리 실증주의, 일상 언어 철학, 분석 철학에 영향을 끼친 20세기 위대한 철학자다. 버트런드 러셀Bertrand Russell, 고틀로프 프레게Gottlob Frege와 학문적 영향을 주고받던 중 1913년 칩거에 들어가 철학 연구에 매진했다. 1914년 1차 대전에 참전하였고 1918년 이탈리아군의 포로가 되었다. 이 시기에 비트겐슈타인은 러셀 등의 도움을 받아 독서를 이어가고 자신의 사상을 세웠으며 '그림 이론'을 토대로 언어를 연구한 《논리철학논고》를 완성했다. 이로써 철학을 완성했다고 생각한 그는 6년간 오스트리아 교직 생활을 하다가 1926년 그만두었다. 1929년 케임브리지 대학에 복귀하면서 《논리철학논고》에 오류가 있음을 자각했다. 잠시 소비에트에 관심을 가진 그는 노르웨이, 아일랜드를 여행하면서 자신의 사상을 다졌다. 그 와중에 나치가 등장하여 그의 형제자매는 위기에 빠지고 그는 영국에 남아 케임브리지 대학 철학 교수로서 시민권을 획득했다. 독일에 남아 있는 가족 문제를 해결한 그는 2차 대전이 터지자 가이스 병원에서 자원봉사를 지원했다. 1947년 교수직을 사임한 비트겐슈타인은 집필에 전념하여 《철학탐구》를 완성하지만, 그의 몸은 병들고 말았다. 한때 미국에서 요양했지만 그가 바란 대로 다시 유럽으로 돌아와 1951년에 생을 마감했다.

13 페터 비에리(1944~). 1971년 하이델베르크 대학에서 영국 철학자 존 맥타가트John McTaggart의 시간개념으로 박사학위를 받고 캘리포니아 버클리 대학, 하버드 대학, 베를린 학술원, 예루살렘 연구소Van Leer Institute에서 연구했다. 1983년 빌레펠트 대학, 하이델베르크 대학을 거쳐 독일 연구재단 창립 회원으로서 활동했다. 1990~1993년까지 마르부르크 대학의 역사철학 교수를 역임했고 1993년부터 베를린 자유대학에서 에른스트 투겐드하트Ernst Tugendhat의 후임으로 언어철학 정교수가 되었다. 그는 의식 현상과 거울이론에 관련해서 많은 논쟁을 벌였다. 작가로 활동할 때는 필명 파스칼 메르시어를 사용했다. 《페를만의 침묵*Perlmanns Schweigen*》《피아노 조율사*Klavierstimmer*》《리스본행 야간열차》《레아》를 집필했다. 2006년에는 독일 마리-루이제-카슈니츠상Marie-Luise-Kaschnitz-Preis을 받았다.

14 레몽 크노(1903~1976). 프랑스 르 아브르에서 태어나 소르본 대학에서 철학과 심리학을 공부했다. 초반에 초현실주의surréalisme 운동에 가담했고, 탈퇴 이후 《갯보리*Le Chiendent*》를 발표했다. 갈리마르Gallimard 출판사의 도서검토 위원과 사무국장을 거쳐 플레이아드 총서l'Encyclopédie de la Pléiade 편집장을 역임했고, 전후에는 프랑스수학협회Société Mathématique de France 등 여러 단체에서 활동했다. 그는 특정 문학사조나 문학운동과는 거리를 두면서 언어 실험을 통해 독특한 문학 세계를 구축했다. 대중의 사랑을 받은 첫 소설은 《문체연습*Exercices de style*》이다. 여

기서 그는 바흐의 푸가에서 영감을 받아 동일한 일화를 99가지 문체로 변주해냈다. 이후 《지하철 소녀 쟈지*Zazie dans le métro*》를 발표하여 큰 성공을 거두었다. 1960년에 동료인 페렉과 함께 실험문학 단체인 울리포를 결성했다. 1961년에는 《백조兆 편의 시*Cent Mille Milliards de Poèmes*》를 발표하여 찬사를 받았다.

15 야누시 코르차크(1878~1942). 부유한 유대인 가정에서 태어났으나 아버지의 정신병으로 인해 가세가 기울기 시작했다. 집안을 돕기 위해 독서광이었던 고등학생 때부터 과외를 시작했고 남들보다 늦게 고등학교 졸업시험을 통과했다. 바르샤바 대학에서 의학 공부를 시작했고, 첫 번째 외국 여행에서 요한 하인리히 페스탈로치의 교육학을 배웠다. 일도 해야 했기에 학업을 남들보다 늦게 마쳤던 그는 극빈 노동자 계층의 삶도 이해하게 되었다. 군의관으로 러일전쟁에 참전하고 돌아와 소아과 의사로 근무하면서 가난한 환자들의 진료비와 약값을 덜어주었다. 코르차크는 1907~1911년 사이에 여러 기관과 시설을 돌아다니면서 어린이를 위해 일하겠다는 결정을 내렸고, 잡지 〈살롱의 아이*Dziecko Salonu*〉를 발간하여 큰 호응을 얻었으며, '고아들의 집Dom Sierot'의 전신인 '고아 원조 협회'에 가입하여 왕성한 활동을 이어갔으며 나중에 고아들의 집 원장이 된다. 그는 어린이의 인권, 자율과 권리를 보장해야 한다고 주장했다. 그래서 아동 교육시설에서 교사들과 아이가 똑같이 민주적인 원칙에 따르도록 했으며, 사회에 부적응했던 아이들을 다시 사회에 되돌

려 보내기 위해 복합적이고 혁신적인 교육법을 펼쳐나갔다. 그는 종교 교육보다는 가정교육을 더 중요하게 생각했다. 비록 그의 교육법이 실천에 의존하여 이론체계가 미비하다는 비판을 받는다고 해도 그가 오늘날 아동 교육의 선구자라는 사실은 변함이 없다. 대표적인 저서로는 《아이를 사랑하는 방법*Jak kochaç dziecko*》《교육의 시기*Momenty wychowawcze*》《어린이의 존중받을 권리*Prawo dziecka do szacunku*》《재미나는 교육학*Żartobliwa pedagogika*》이 있다.

16 존 헨리 뉴먼(1801~1890). 옥스퍼드 대학에서 공부하고 1825년 영국 국교회 사제가 되었다. 1830년경 옥스퍼드 운동Oxford Movement에 적극적으로 개입하여 활동하다가 1845년 로마 가톨릭교회로 개종하였고 1879년 교황 레오 13세에 의해 추기경으로 임명되었으며, 2010년 교황 베네딕토 16세에 의해 시복되었다. 개종 이후에 자신에게 쏟아진 수많은 논란에 맞서 자신을 변호하는 글을 여럿 썼다. 그 가운데 《그의 생애를 위한 변호*Apologia Pro Vita Sua*》와 《그리스도 교의의 발전론*Essay on the Development of Christian Doctrine*》, 찬송가에 수록된 〈내 갈 길 멀고 밤은 깊은데*Lead, Kindly Light*〉 등이 대표적이다.

17 존 윌리엄스(1922~1994). 미국 텍사스에서 태어났다. 덴버 대학에서 학사, 석사학위를 받았고 그동안에 소설 《오로지 밤뿐*Nothing But the Night*》, 시집 《부서진 풍경*The Broken Landscape*》을 집필했다. 1954년 미주리 대학에서 영문학 박사학위를 받고 그다음 해에 덴버로 돌아와 강의를

했다. 1960년에는 1870년대의 캔자스 개척민의 삶을 다룬 두 번째 소설 《도살자의 건널목*Butchers Crossing*》을, 1965년에는 두 번째 시집 《하얀 거짓말*The Necessary Lie*》을 출간했다. 세 번째 소설 《스토너》는 미주리 대학에서 영문학을 가르치는 교수를 가공인물로 내세웠다. 1972년에는 네 번째 소설 《아우구스투스》를 발표했다. 이 소설은 로마 황제 아우구스투스 시대를 투영한 작품으로 내셔널 북어워드상을 받았다. 1985년 덴버 대학에서 30여년간 맡아온 교수직을 내려놓고 1994년 지병으로 세상을 떠났다.

18 니콜라스 월터스토프(1932~). 미시간 칼빈 대학을 졸업하고 하버드 대학에서 철학 박사학위를 받았다. 칼빈 대학에서 철학을 강의했고 예일 대학에서 철학적 신학을 가르쳤다. 그의 관심 분야는 미학, 인식론, 정치철학, 종교철학, 형이상학, 교육철학으로 이에 관한 수많은 저서가 있다. 대표작으로는 《신앙과 합리성*Faith and Rationality*》 《신성론*Divine Discourse*》 《정의 여행*Journey toward Justice*》 등이 있다.

19 미치 앨봄(1958~). 미국의 작가, 저널리스트, 시나리오·드라마 작가, 방송인, 음악가. 앨봄은 스포츠 기자로 출발했다. 그가 작가의 길에 선 계기는 대학 은사인 모리 슈워츠의 투병 소식이었다. 그는 매주 화요일 교수를 찾아가 삶과 죽음에 대한 이야기를 나누었고 이를 《모리와 함께한 화요일》로 출간했다. 그의 책은 38개국에 출판되어 1천만 부가 판매되었고 TV 드라마로도 제작되었다. 2003년에 발표한 두 번째 책은

83세의 노인이 한 소녀를 구하다가 목숨을 잃은 후 천국에서 만난 사람들의 이야기를 담은 《천국에서 만난 다섯 사람》이다. 이 소설도 베스트셀러에 올랐고 마찬가지로 TV 드라마로 제작되었다.

20 토머스 머튼(1915~1968). 미국 가톨릭 작가, 켄터키주 겟세마네 트라피스트회 신부Trappist monk of the Abbey of Gethsemani in Kentucky, 시인, 사회 운동가. 화가였던 아버지의 활동 지역에 따라 프랑스와 영국을 오가는 어린 시절을 보냈다. 1938년 케임브리지 대학 클레어 대학의 학생으로 입학하였는데, 2차 대전의 불씨를 안은 불안한 시대를 겪으면서 회의와 좌절에 빠진 무신론자가 되었다. 1935년 미국 컬럼비아 대학에서 교환학생으로 영문학을 공부하던 중에 가톨릭으로 개종했다. 1940년 겟세마네 수도원에 들어가 1942년 트라피스트회에 입교하여 평생을 수도승으로 살아가다 1968년 태국 방콕에서 불의의 사고로 생을 마감했다.

21 올더스 헉슬리(1894~1963). 우아한 문체, 위트, 신랄한 풍자로 유명한 영국의 소설가이자 현대문명의 발달을 비판한 비평가. 그의 할아버지는 저명한 동물학자인 토머스 헉슬리Thomas Huxley이고, 그의 형은 생물학자 줄리언 헉슬리Julian Huxley이다. 이런 지적 환경에서 태어난 올더스 헉슬리는 이튼 학교에 입학한다. 하지만 1908년 어머니의 갑작스러운 죽음으로 큰 충격을 받아 안질에 걸려 거의 시력을 잃어버린다. 결국 의학의 길을 버리고 옥스퍼드 대학에서 영문학을 전공하고 연극, 예술 비평에 관심을 갖고서 집필에 몰두하고 시집을 출간한다. 하지만 기

대에 못 미치자 소설로 방향을 전환하여 1921년 《크롬 옐로*Crome Yellow*》를 시작으로 《어릿광대의 춤*Antic Hay*》 《연애대위법*Point Counter Point*》 《영원의 철학*The Perennial Philosophy*》 등을 집필한다. 새로운 시대(격동의 20세기)에 걸맞은 도덕 탐구의 토대 위에서 집필 활동을 이어가던 그는 인생 후반기에 환각제에 손을 대 사후 세계, 텔레파시 등에 관심을 보이다가 1963년 사망한다.

22 얀 마텔(1963~). 스페인에서 외교관의 아들로 태어나 세계 각지를 돌아다니며 살았다. 캐나다 트렌트 대학에서 철학을 공부했고, 27살부터 글을 쓰기 시작했다. 《파이 이야기》는 우리에게 2013년 이안 감독의 영화 〈라이프 오브 파이〉로 잘 알려진 소설로, 16살 인도 소년 파이가 사나운 벵골 호랑이와 함께 구명보트에 몸을 싣고 227일 동안 태평양을 표류하는 이야기다. 2002년 맨부커상을 수상한 이 작품은 세계 40여개 언어로 번역되었다.

23 빌 클레그(1970~). 미국 출판 에이전트이자 작가. 워싱턴 대학을 졸업한 직후에 동성애 커밍아웃했다. 그리고 영화감독 아이라 잭스와 오랫동안 관계를 유지했다. 빌 클레그는 1993년 출판 교육을 받고 견습생으로 일했다. 2001년에 사라 번즈와 함께 출판 에이전시를 설립했다. 잘 나가던 회사가 갑자기 문을 닫았는데, 나중에 빌 클레그가 마약 중독자였다는 점이 알려지기도 했다. 얼마 뒤에 그는 다시 출판에 뛰어들어 현재 윌리엄 모리스 인데버William Morris Endeavor 에이전시에서 일하

고 있다. 두 권의 자서전을 집필했고 2015년에는 소설 《가족이 있었는가*Did You Ever Have a Family*》를 출간했다. 이 소설은 내셔널 북 어워즈, 맨부커상 후보에 올랐다.

24 토머스 하딩(1968~). 다큐멘터리 감독에서 전업한 영미권 논픽션 작가, 저널리스트. 케임브리지 대학 코퍼스 크리스티 칼리지에서 인류학, 정치학을 공부하고 나서 작가로 데뷔하기 전까지 텔레비전 방송국과 언론사에서 일했다. 2013년에 발표한 논픽션 《한스와 루돌프*Hanns and Rudolf*》는 영국뿐만 아니라 이탈리아, 이스라엘에서 베스트셀러가 되었고, 올해의 책으로 선정되었다. 2014년에 발표한 그의 두 번째 책 《카디언 저널*Kadian Journal*》은 자전거 사고로 생을 달리한 그의 아들에 관한 내용을 담고 있다. 이 외에도 베를린에 사는 할머니를 포함한 다섯 가정의 이야기를 담은 《호숫가의 집*The House by the Lake*》은 2015년에 출간되어 문학상Costa Book Awards, 2016 Orell Prize 후보로 선정되었다.

25 로버트 굴릭(1948~). 미국 버지니아 출신의 작가. 볼티모어 존스 홉킨스 대학을 졸업하고 한동안 유럽을 방랑하면서 배우나 화가를 꿈꿨지만 재능이 없어 포기하고, 뉴욕의 광고업계에 취직했다. 50대 초반에 해고된 뒤 소싯적에 산 자와 죽은 자에 관한 복잡한 일화를 남들에게 들려주는 일을 즐겼다는 사실을 떠올리고 소설을 집필했다. 첫 소설 《위험한 아내》를 발표해 〈뉴욕 타임스〉 베스트셀러로 선정되었고, 2009년 최고의 데뷔 소설상을 받았다. 2013년에는 회고록 《우리가 알고 있는

세상의 끝》을 발표하여 평론가들로부터 극찬을 받았다.

26 마태복음 17장 1~9절, "1. 엿새 후에 예수께서는 베드로와 야고보와 야고보의 동생 요한만을 데리시고 따로 높은 산으로 올라가셨다. 2. 그때 예수의 모습이 그들 앞에서 변하여 얼굴은 해와 같이 빛나고 옷은 빛과 같이 눈부셨다. 3. 그리고 난데없이 모세와 엘리야가 나타나서 예수와 함께 이야기하고 있었다. 4. 그때에 베드로가 나서서 예수께 '주님, 저희가 여기에서 지내면 얼마나 좋겠습니까! 괜찮으시다면 제가 여기에 초막 셋을 지어 하나는 주님께, 하나는 모세에게, 하나는 엘리야에게 드리겠습니다.' 하고 말하였다. 5. 베드로의 이 말이 채 끝나기도 전에 빛나는 구름이 그들을 덮더니 구름 속에서 '이는 내 사랑하는 아들, 내 마음에 드는 아들이니 너희는 그의 말을 들어라.' 하는 소리가 들려왔다. 6. 이 소리를 듣고 제자들은 너무도 두려워서 땅에 엎드렸다. 7. 예수께서 그들에게 가까이 오셔서 손으로 어루만지시며 '두려워하지 말고 모두 일어나라.' 하고 말씀하셨다. 8. 그들이 고개를 들고 쳐다보았을 때는 예수 밖에 아무도 보이지 않았다. 9. 예수께서 제자들과 함께 산에서 내려오시는 길에 '사람의 아들이 죽었다가 다시 살아날 때까지는 지금 본 것을 아무에게도 말하지 마라.' 하고 단단히 당부하셨다."

27 샐리 모건(1951~). 오스트레일리아 작가, 예술가. 열다섯 살이 되었을 때 자신이 웨스트 오스트레일리아 필바라의 팔쿠 원주민 후손임을 알게 되었다. 이를 계기로 원주민의 문화와 역사를 추적했고 자신의

자아 정체성을 찾는 과정을 《나의 자리*My Place*》에서 그렸다. 이 책은 오스트레일리아뿐만 아니라 미국, 유럽, 아시아에서도 번역되었다. 두 번째 책은 할아버지의 이야기를 담은 《와나무라간야*Wanamurraganya*》다. 이 두 권의 책은 문학상을 받았고, 이 외에도 다섯 권가량의 아동 도서를 집필했다.

28 디트리히 본회퍼(1906~1945). 대학에서 신학을 전공했고 미국에서도 공부했다. 나치 정권에 비판적 자세를 취하다가 교수 자격을 박탈당했고 1940년에는 강연과 출간도 할 수 없게 되었다. 1941년 히틀러 암살 계획에 가담했다가 체포되어 플로센뷔르크 수용소에서 처형되었다. 대표작으로는 《나를 따르라》 《옥중연서》 등이 있다.

29 창세기 27장 28절~29절, "하느님께서 하늘에서 내리신 이슬로 땅이 기름져 오곡이 풍성하고 술이 넘쳐나라. 뭇 백성은 너를 섬기고 뭇 족속들은 네 앞에 엎드리리라. 너는 네 겨레의 영도자가 되어 네 동기들이 네 앞에 엎드리리라. 너를 저주하는 자는 저주를 받고 너에게 복을 빌어주는 사람은 복을 받으리라."

30 잡지 〈여성 세계*Welt der Frau*〉 편집장인 크리스틴 하이든과 사진작가인 페트라 라이너는 《아마도 난 기적일 거야*Vielleicht bin ich ja ein Wunder*》에서 여러 노인을 만난 이야기를 들려준다. 가령 생전의 프란츠 카프카를 만난 적이 있는 노인, 고령인데도 하루에 세 시간씩 피아노 연습을 하는 노인, 투철한 의식을 갖고 나치에 동조하지 않아 고초를 겪은 노인,

한때 무성영화 배우로 활동했던 노인, 종교적 신념 때문에 수년간 수용소에서 지낸 노인, 하녀로 일하다가 예기치 못한 미혼모가 되어 험난한 인생을 산 노인, 취리히 대학에서 여성으로서는 처음으로 지리학 박사 학위를 받은 노인 등을 만난다. 이들을 통해 독자는 여러 인생사와 인생 철학을 접할 수 있다. 두 저자의 또 다른 책으로는 《정원사*Gartenmenschen*》가 있다.

31 랜디 포시(1960~2008). 브라운 대학과 카네기 멜론 대학에서 컴퓨터공학을 전공했고 컴퓨터 소프트웨어, 인간과 컴퓨터 상호작용 및 가상현실을 연구했다. 카네기 멜론 대학 종신교수가 되었지만 2006년 췌장암 진단을 받아 교수직을 사퇴했다. 그의 마지막 강의는 인터넷을 통해 널리 알려졌고 《마지막 강의》라는 책으로 출간되어 많은 사람에게 감동을 주었다.

32 게트라 샤르펜오르트(1912~2014). 독일 정치학자이자 신학자. 군대 참모장의 딸로 태어나 슐레지엔 지방에서 유년 시절을 보냈다. 1931년 김나지움을 졸업하고 19세기 역사를 연구했던 아버지를 도우면서 많은 것을 배웠다. 1936년에 해군 장교와 결혼한 뒤 세 명의 자녀를 두었으나 1942년 이혼하였다. 세계대전이 끝나고 슐레지엔을 떠나 북부 독일에서 떠돌이처럼 살다가 하이델베르크에 정착했다. 1956년 재단의 도움을 받아 정치학과 개신교 신학을 공부했다. 1962년 로마 정치 사상사에 관한 논문으로 철학 박사학위를 받았다. 1962~1966년까지 하이델

베르크의 개신교 공동체에서 일했고 은퇴할 때까지 평화 프로젝트를 진행하는 연구재단에서 연구원으로 근무했다. 1970년 여성으로서 독일 개신교회 평의원에 선출되었다.

33 다미아노 모데나는 추기경 카를로 마리아 마르티니Carlo Maria Martini가 힘든 시기에 그의 비서를 지냈고 그의 평전 《카를로 마리아 마르티니*Carlo Maria Martini*》를 집필했다.

34 로버트 스키델스키(1939~). 러시아 혈통의 영국 경제사학자. 영국 경제학자 케인스John Maynard Keynes에 관한 3부작으로 유명해졌다. 미국 존스 홉킨스 대학을 거쳐 영국 워릭 대학 정치경제학 석좌교수로 있다. 그의 아들 에드워드 스키델스키Edward Skidelsky는 철학과 신학을 공부한 뒤 정치학으로 박사학위를 받았다. 현재는 엑스터 대학에서 19~20세기 독일 철학 강사로 있다. 부자가 함께 쓴 《얼마나 있어야 충분한가》는 백 년 뒤에는 대부분의 사람이 주당 15시간만 일하는 세상이 와서 좋은 삶을 살 것이라던 1930년의 케인스 예측이 어긋났다고 진단하고 그 원인을 추적한다. 저자들은 좋은 삶의 전제 조건이 자본주의가 아니라고 보고, 성장 지상주의의 한계를 지적한 뒤 동서양의 철학, 종교, 역사에 나타난 지혜를 검토한 끝에 좋은 삶을 위한 기본재(건강, 안전, 존중, 개성, 자연과의 조화, 우정, 여가)를 발견한다. 그러고는 파우스트의 악마 계약과 비교했던 자본주의의 고리를 끊을 수 있는 구체적인 대안을 제시한다.

35 마태복음 7장 16절, “너희는 행위를 보고 그들을 알게 될 것이다.

가시나무에서 어떻게 포도를 딸 수 있으며 엉겅퀴에서 어떻게 무화과를 딸 수 있겠느냐?"

36 M. 스캇 펙(1936~2005). 정신과 의사이자 베스트셀러 작가, 강연가, 영적 안내자. 하버드 대학과 케이스 웨스턴 리저브 대학에서 공부하고 정신과 군의관으로 10여년간 일했다. 1978년 첫 책《아직도 가야 할 길》은 심리학과 영성을 결합한 저작으로, 〈뉴욕 타임스〉의 베스트셀러로 선정되었고 여러 나라에서 번역되었다. 불교에서 기독교로 개종한 이후 인간 심리와 기독교 신앙을 통합하는 글을 썼으며, 개인뿐만 아니라 조직, 사회의 영적 성장을 위해 노력했다(공동체장려재단). 이를《마음을 어떻게 비울 것인가》에서 집대성했다.《거짓의 사람들》에서 M. 스캇 펙은 거짓을 일삼는 사람들을 다음과 같이 규정한다. 악한 사람들, 만성적으로 책임을 타인에게 전가하는 사람들, 자기 자신이 잘못을 저지르고 불완전한 존재임을 인정하지 못하고 타인을 공격하는 사람들, 병적인 나르시시즘에 빠진 사람들. 이처럼 거짓을 일삼는 사람들을 치료하는 시작점은 다름 아닌 바로 자기 자신이고, 자기 자신을 되돌아보면서 깨끗하게 정화하는 것이 치료라고 말한다.

37 로널드 드워킨(1931~2013). 미국 법률가이자 철학자. 하버드 대학, 영국 옥스퍼드 대학에서 공부하고 하버드 대학 로스쿨에서 법학사를, 예일 대학에서 철학 석사학위를 마쳤다. 로스쿨 졸업 이후에 판사보로 일하고 뉴욕 로펌에서 근무했다. 예일 대학 로스쿨 교수직을 거

쳐 1969년 영국 옥스퍼드 대학 법학 교수로 재직했다. 퇴직 후에 1970년대 말 미국으로 돌아와 뉴욕 대학 철학과 교수, 로스쿨 교수를 지냈다. 2007년 홀베르그 국제기념상을 받았다. 저서로는 《법의 제국》《자유주의적 평등》《민주주의는 가능한가》 등이 있다.

38 해리 G. 프랭크퍼트(1929~). 미국 철학자. 그의 관심사는 도덕철학, 심리·행동 철학과 17세기 합리주의다. 특히 데카르트의 이성주의를 탁월하게 해석한다. "허튼소리Bullshit"를 철학적 개념에 적용한 책 《개소리에 대하여》는 존 스튜어트의 〈데일리 쇼The Daily Show〉에 소개된 이후 베스트셀러가 되었다. 그가 말하는 허튼소리, 개소리는 화자가 진릿값이 진리인지 아닌지 아예 무시하고 자신의 특정한 목적을 이루려고 의도적으로 꺼낸 말을 의미한다. 그는 이러한 허튼소리, 개소리가 우리 사회에 만연해 있고 우리를 현혹한다는 것을 밝혀냈다. 2006년에는 자매편 《진리에 대하여*On Truth*》를 펴냈다. 이 책은 사회가 진리에 대해 고마워할 줄 모른다고 지적한다. 그의 독특한 사상은 욕망 가운데 욕망higher-oder volitions, 2차원적 욕망second-oder desires이라는 개념 위에 세워진 자유의지 개념이다. 그에 따르면 1차원적 욕망은 자유의지와는 거리가 멀고 2차원적 욕망을 실현할 때 이를 자유의지에 따른 행위라고 한다.

39 수전 니먼(1955~). 미국 출신의 철학자이자 포츠담 아인슈타인 포럼의 원장. 하버드 대학에서 철학을 공부하고 박사학위를 받았다. 그 후에 베를린 프라이 대학에서 오랫동안 공부했다. 예일 대학, 텔아비

브 대학에서 교수직을 역임했고 현재까지 포츠담 아인슈타인 포럼의 원장으로, 베를린-브란덴부르크 아카데미 회원으로 활동하고 있다. 그녀의 연구 분야는 도덕철학, 정치철학, 철학사다. 2015년에 발표한 책 《왜 어른이 될까?Warum erwachsen werden?》에서는 어린애 같은 현대사회를 파고들어 자동차, 컴퓨터, 스마트폰과 같은 기기가 우리의 소비 습관을 부추기고 자주적 사고와 책임 있는 행동을 저해한다고 비판했다. 또한 현대 서구 문화에는 기본적인 토대가 되는 것들이 결여되어 있기 때문에 자본주의와 소비문화에 젖은 젊은이들이 도덕성을 갖기 힘들고 종교적, 이데올로기적 근본주의에 빠진다고 설파하면서 고전 읽기, 외국어 배우기, 여행하기 등을 추천하고 더 넓은 세계를 배우라고 추천한다.

40 J. M. 쿳시(1940~). 남아프리카 공화국 출신의 2003년 노벨 문학상 수상자. 케이프타운 대학에서 수학과 영문학을 전공하고, 영국으로 이주하여 프로그래머로 일하다가 미국으로 건너가 텍사스 대학에서 언어학으로 박사학위를 받았다. 뉴욕주립 대학에서 강의하고 영주권을 신청했으나 베트남 반전운동을 했다는 이유로 거부되어 다시 남아프리카 공화국으로 돌아와 2001년까지 케이프타운 대학에서 강의했다. 아파르헤이트의 인종차별 정책을 반대하는 《어둠의 땅》, 커다란 명성을 가져다준 《야만인을 기다리며》, 부커상을 안겨준 《마이클 K》, 두 번째 부커상을 받은 《추락》을 집필했다. 남아프리카 공화국의 사회 모순과 갈등, 인종차별, 서구 문명의 위선을 비판해온 공로를 인정받아 2003년

노벨 문학상을 받았다.

41 남아프리카 공화국에서는 1948~1994년까지 흑인 분리 정책으로 인한 피해를 규명하는 진실·화해 위원회가 정부에 반대하는 사람들을 체포하여 고문했던 제프리 벤진과 관련해 현장 검증을 했다.

42 요하네스 카시아누스(360년경~435년경). 도브루드스카(현 불가리아)에서 경건하고 부유한 집안에서 태어났다. 어려서부터 라틴문학과 헬라어에 능통했던 그는 베들레헴에 위치한 수도원에 들어갔다. 수도원의 허락을 얻어 이집트에 있는 금욕주의자, 은둔자와 성인을 만나 삶의 방식과 가르침을 전수받았다. 그는 동방 수도원의 요소를 서방에 전하고 중재했다. 대표 저서로는 《회수도자들의 제도집과 여덟 가지 중요 악습의 치유에 대하여*De institutis coenobiorum et de octo princilaium vitiorum remediis*》와 《교부집*Collationes patrum*》이 있다.

43 앨리스 먼로(1931~2013). 10대 시절부터 글을 썼고 캐나다 웨스턴 온타리오 대학에서 영문학과 언론학을 공부했다. 재학 중에 첫 단편소설 〈그림자의 세계*The Dimensions of a Shadow*〉를 발표했다. 동창생 제임스 먼로James Munro와 결혼하였고 1963년 빅토리아에서 서점(Munro's Books)을 운영하며 글쓰기를 계속 이어갔다. 1968년 《행복한 그림자의 춤*Dance of the Happy Shades*》을 발표하여 캐나다 총독 문학상을 받았다. 마지막 작품인 《디어 라이프》로 노벨 문학상을 받았다.

44 로렌스 콜버그(1927~1987). 도덕 발달 단계 이론으로 유명한 미

국 심리학자. 젊은 시절에 도덕적 판단, 더 나아가 장 피아제Jean Piaget의 어린이의 도덕성 발달에 몰두했고, 시카고 대학에서 학위를 마치고 시카고 대학과 하버드 대학 교육대학원에서 심리학 교수를 지냈다. 이후 조지 미드George Herbert Mead, 제임스 볼드윈James Mark Baldwin의 철학으로 영역을 넓혔고 심리학에 "도덕 발달"이라는 새로운 영역을 구축했다. 그의 도덕 발달은 벌과 복종의 1단계Obedience and punishment orientation, 도구적 목적과 교환의 2단계Self-interest orientation, 개인 간의 상응적 기대, 관계, 동조의 3단계Interpersonal accord and conformity, 사회체제와 양심보존의 4단계Authority and social-order maintaining orientation, 권리 우선과 사회계약, 혹은 유용성의 5단계Social contract orientation, 보편 윤리적 원리의 6단계Universal ethical principles다. 경험론적 연구 성과를 이룸으로써 20세기 가장 유명한 심리학자 중 한 명으로 꼽힌다. 대표 저서로는 《도덕 발달의 철학》《도덕 발달의 심리학》이 있다.

45 요한복음 3장 1~ 21절, "1. 바리사이파 사람들 가운데 니고데모라는 사람이 있었다. 그는 유대인들의 지도자 중 한 사람이었는데 2. 어느 날 밤에 예수를 찾아와서 '선생님, 우리는 선생님을 하느님께서 보내신 분으로 알고 있습니다. 하느님께서 함께 계시지 않고서야 누가 선생님처럼 그런 기적들을 행할 수 있겠습니까?' 하고 말하였다. 3. 그러자 예수께서는 '정말 잘 들어두어라. 누구든지 새로 나지 아니하면 아무도 하느님의 나라를 볼 수 없다.' 하고 말씀하셨다. 4. 니고데모는 '다 자란

사람이 어떻게 다시 태어날 수 있겠습니까? 다시 어머니 뱃속에 들어갔다가 나올 수야 없지 않습니까?' 하고 물었다. 5. '정말 잘 들어두어라. 물과 성령으로 새로 나지 않으면 아무도 하느님 나라에 들어갈 수 없다. 6. 육에서 나온 것은 육이며 영에서 나온 것은 영이다. 7. 새로 나야 된다는 내 말을 이상하게 생각하지 마라. 8. 바람은 제가 불고 싶은 대로 분다. 너는 그 소리를 듣고도 어디서 불어와서 어디로 가는지를 모른다. 성령으로 난 사람은 누구든지 이와 마찬가지다.' 예수께서 이렇게 대답하시자 9. 니고데모는 다시 '어떻게 그런 일이 있을 수가 있겠습니까?' 하고 물었다. 10. 예수께서는 다시 이렇게 말씀하셨다. '너는 이스라엘의 이름난 선생이면서 이런 것들을 모르느냐? 11. 정말 잘 들어두어라. 우리는 우리가 알고 있는 것을 말하고, 우리의 눈으로 본 것을 증언하는 것이다. 그런데도 너희는 우리의 증언을 받아들이지 않는다. 12. 너희는 내가 이 세상 일을 말하는데도 믿지 않으면서 어떻게 하늘의 일을 두고 하는 말을 믿겠느냐?' 13. 하늘에서 내려온 사람의 아들 외에는 아무도 하늘에 올라간 일이 없다. 14. 구리뱀이 광야에서 모세의 손에 높이 들렸던 것처럼 사람의 아들도 높이 들려야 한다. 15. 그것은 그를 믿는 사람은 누구나 영원한 생명을 누리게 하려는 것이다. 16. 하느님은 이 세상을 극진히 사랑하셔서 외아들을 보내주시어 그를 믿는 사람은 누구든지 멸망하지 않고 영원한 생명을 얻게 하여 주셨다. 17. 하느님이 아들을 세상에 보내신 것은 세상을 단죄하시려는 것이 아니라 아들을 시켜 구원하시려는 것이다. 18. 그를 믿는 사람은 죄인으로 판결받지 않으나 믿지 않는 사람은 이미 죄인으로 판결을 받았다. 하느님의 외아들을 믿지 않았기 때문이다. 19. 빛이 세상에 왔지만 사람들은 자기들의 행실이 악하여 빛보다 어둠을 더 사랑했다. 이것이 벌써 죄인으로 판결받았다는 것을 말해 준다. 20. 과연 악한 일을 일삼는 자는 누구나 자기 죄상이 드러날까 봐 빛을 미워하고 멀리한다. 21. 그러나 진리를 따라 사는 사람은 빛이 있는 데로 나아간다. 그리하여 그가 한 일은 모두 하느님의 뜻을 따라 한 일이라는 것이 드러나게 된다."

46 요한복음 4장 6~42절, "6. 거기에는 야곱의 우물이 있었다. 먼 길에 지치신 예수께서는 그 우물가에 가 앉으셨다. 때는 이미 성오에 가까웠다. 7. 마침 그 때에 한 사마리아 여자가 물을 길으러 나왔다. 예수께서 그를 보시고 물을 좀 달라고 청하셨다. 8. 제자들은 먹을 것을 사러 시내에 들어가고 없었다. 9. 사마리아 여자는 예수께 '당신은 유대인이고 저는 사마리아 여자인데 어떻게 저더러 물을 달라고 하십니까?' 하고 말하였다. 유대인들과 사마리아인들은 서로 상종하는 일이 없었던 것이다. 10. 예수께서는 그 여자에게 '하느님께서 주시는 선물이 무엇인지, 또 너에게 물을 청하는 내가 누구인지 알았더라면 오히려 네가 나에게 청했을 것이다. 그러면 내가 너에게 샘솟는 물을 주었을 것이다.' 하고 대답하시자 11. 그 여자는 '선생님, 우물이 이렇게 깊은데다 선생님께서는 두레박도 없으시면서 어디서 그 샘솟는 물을 떠다 주시겠다는 말씀

입니까? 12. 이 우물물은 우리 조상 야곱이 마셨고 그 자손들과 가축까지도 마셨습니다. 선생님께서는 이러한 우물을 우리에게 주신 야곱보다 더 훌륭하시다는 말씀입니까?' 하고 물었다. 13. 예수께서는 '이 우물물을 마시는 사람은 다시 목마르겠지만 14. 내가 주는 물을 마시는 사람은 영원히 목마르지 않을 것이다. 내가 주는 물은 그 사람 속에서 샘물처럼 솟아올라 영원히 살게 할 것이다.' 하셨다. 15. 이 말씀을 듣고 그 여자는 '선생님, 그 물을 저에게 좀 주십시오. 그러면 다시는 목마르지도 않고 물을 길으러 여기까지 나오지 않아도 되겠습니다.' 하고 청하였다. 16. 예수께서 그 여자에게 가서 남편을 불러오라고 하셨다. 17. 그 여자가 남편이 없다고 대답하자 예수께서는 '남편이 없다는 말은 숨김없는 말이다. 18. 너에게는 남편이 다섯이나 있었고 지금 함께 살고 있는 남자도 사실은 네 남편이 아니니 너는 바른대로 말하였다.' 하고 말씀하셨다. 19. 그랬더니 그 여자는 '과연 선생님은 예언자이십니다. 20. 그런데 우리 조상은 저 산에서 하느님께 예배드렸는데 선생님네들은 예배드릴 곳이 예루살렘에 있다고 합니다.' 하고 말하였다. 21. 예수께서는 이렇게 말씀하셨다. '내 말을 믿어라. 사람들이 아버지께 예배를 드릴 때에 '이 산이다.' 또는 '예루살렘이다.' 하고 굳이 장소를 가리지 않아도 될 때가 올 것이다. 22. 너희는 무엇인지도 모르고 예배하지만 우리는 우리가 예배드리는 분을 잘 알고 있다. 구원은 유대인에게서 오기 때문이다. 23. 그러나 진실하게 예배하는 사람들이 영적으로 참되게 아버지께 예배를 드릴 때가 올 터인데 바로 지금이 그 때이다. 아버지께서는 이렇게 예배하는 사람들을 찾고 계신다. 24. 하느님은 영적인 분이시다. 그러므로 예배하는 사람들은 영적으로 참되게 하느님께 예배드려야 한다.' 25. 그 여자가 '저는 그리스도라 하는 메시아가 오실 것을 알고 있습니다. 그분이 오시면 저희에게 모든 것을 다 알려주시겠지요.' 하자 26. 예수께서는 '너와 말하고 있는 내가 바로 그 사람이다.' 하고 말씀하셨다. 27. 그때에 예수의 제자들이 돌아와 예수께서 여자와 이야기하시는 것을 보고 놀랐다. 그러나 예수께서 그 여자에게 무엇을 청하셨는지 또 그 여자와 무슨 이야기를 나누셨는지 물어보는 사람은 없었다. 28. 그 여자는 물동이를 버려두고 동네에 돌아가 사람들에게 29. '나의 지난 일을 다 알아맞힌 사람이 있습니다. 같이 가서 봅시다. 그분이 그리스도인지도 모르겠습니다.' 하고 알렸다. 30. 그 말을 듣고 그들은 동네에서 나와 예수께 모여들었다. 31. 그러는 동안에 제자들이 예수께 '선생님, 무엇을 좀 잡수십시오.' 하고 권하였다. 32. 예수께서는 '나에게는 너희가 모르는 양식이 있다.' 하고 말씀하셨다. 33. 이 말씀을 듣고 제자들은 '누가 선생님께 잡수실 것을 갖다 드렸을까?' 하고 수군거렸다. 34. 그러자 예수께서는 '나를 보내신 분의 뜻을 이루고 그분의 일을 완성하는 것이 내 양식이다. 35. 너희는 '아직도 넉 달이 지나야 추수 때가 온다.' 하지 않느냐? 그러나 내 말을 잘 들어라. 저 밭들을 보아라. 곡식이 이미 다 익어서 추수하게 되었다. 36. 거두는 사람은 이미 삯을 받고 있다. 그는 영원한 생명의 나라로 알곡을 모아들인다. 그래서 심는 사람도 거두는 사람과 함께 기뻐하게 될 것이다. 37. 과연 한 사람은 심고 다른 사람은 거둔다는 속담이 맞다. 38. 남들이 수고하여 지은 곡식을 거두라고 나는 너희를 보냈다. 수고는 다른 사람들이 하였지만 그 수고의 열매는 너희가 거두는 것이다.' 하고 말씀하셨다. 39. 그 동네에 사는 많은 사마리아 사람들은 그 여자가 자기의 지난 일을 예수께서 다 알아맞히셨다고 한 증언을 듣고 예수를 믿게 되었다. 40. 예수께서는 그들이 찾아와 자기들과 함께 묵으시기를 간청하므로 거기에서 이틀 동안 묵으셨는데 41. 더 많은 사람이 예수의 말씀을 듣고 믿게 되었다. 42. 그리고 그 여자에게 '우리는 당신의 말만 듣고 믿었지만 이제는 직접 그분의 말씀을 듣고 그분이야말로 참으로 구세주라는 것을 알게 되었소.' 하고 말하였다.

47 시편 118편 22절, "집 짓는 자들이 버린 돌이 모퉁이의 머릿돌이 되었나니."

48 아이리스 머독(1919~1999). 선과 악, 남성과 여성의 관계, 도덕, 무의식의 힘에 관심이 많은 소설가이자 철학자. 옥스퍼드 대학에서 그리스, 라틴 문학과 철학을 공부했다. 1942년부터 재무성에서 근무하다가 1944년부터 국제연합의 구제기관에서 일했다. 이 무렵에 마르크스주의, 실존주의 철학을 접했고 1947년부터 케임브리지 대학 특별 연구원으로서 철학 연구에 몰두했다. 1954년에 첫 소설 《그물 속에서*Under the Net*》를 발표했고, 1956년 옥스퍼드 대학의 특별 연구원이자 소설가,

평론가였던 존 베일리와 결혼하여 40여년 동안 부부이자 학문적 동지로 지냈다. 《바다여 바다여》로 부커상을 받았으며, 1987년에는 왕실로부터 훈장을 받았으며, 〈더 타임스〉는 '가장 위대한 영국 작가' 리스트에 열두 번 머독의 이름을 올렸다. 2001년 그녀의 일생을 다룬 영화 〈아이리스〉가 개봉했다.

49 임레 케르테스(1929~2016). 헝가리 출신의 작가. 유대인의 아들로 태어난 그는 1944년 아우슈비츠 수용소를 거쳐 부헨발트에 수감되었다가 1945년 풀려났다. 헝가리로 돌아와 〈빌라고샤그Világosság〉에 입사하여 기자로 일했으나 공산당 기관지 역할을 했던 신문사에서 해직되었다. 1951년 군에 입대했고 전역 이후에는 희곡 작가, 번역가로 활동했다. 그가 번역한 사상가로는 니체, 프로이트, 비트겐슈타인 등이 있다. 그는 강제수용소에서 겪은 체험을 담은 소설 《운명*Sorstalanság*》을 시작으로, 《길을 발견한 사람*A nyomkereső*》 《좌절*A kudarc*》 《태어나지 않은 아이를 위한 기도*Kaddis a meg nem született gyermekért*》 《문화로서의 홀로코스트*A holocaust mint kultúra*》를 발표했다. 또한 그의 친구 졸탄 하프너Zoltán Hafner가 녹음한 인터뷰 내용을 토대로 집필한 자신의 전기 《K의 개인 기록》을 발간했다. 2002년 냉담할 정도로 감정이 배제된 이야기체로 강제수용소에서 겪었던 비인간적인 만행을 고발한 《운명》으로 노벨상을 받았다. 콘라드 죄르지Konrád György와 함께 헝가리 현대문학의 양대 산맥이다.

50 다니엘 페나크(1944~). 모로코 출신의 작가. 직업군인이었던 아

버지를 따라다니며 세계 각지에서 유년기를 보냈다. 프랑스에서 문학을 공부한 뒤 1970년 파리 근교에 위치한 중학교에서 근무했다. 다인종, 다문화 지역인 벨빌Belleville에 정착하여 이곳을 배경으로 한 말로센Malaussène 시리즈 여섯 권을 집필하여 여러 차례 문학상을 받았다. 대표작으로 《식인귀의 행복을 위하여*Au bonheur des ogres*》《기병총 요정*La fée carabine*》《몸의 일기》등이 있다. 《몸의 일기》는 한 남자가 자신의 몸에 관해 쓴 책으로, 10대에서 80대에 이르기까지 '존재 장치로서의 몸'에 관한 이야기를 담고 있다.

51 폴 오스터(1947~). 미국 작가이자 영화감독, 비평가, 번역가, 발행인. 오스터의 작품은 사실주의와 신비주의가 혼합되어 있는 동시에 멜로적, 명상적 요소를 포함하고 있어 '아름답게 디자인 된 예술품'이라는 찬사를 받았으며, 여러 차례 문학상을 받았다. 대표작으로는 《뉴욕 3부작》《달의 궁전》《거대한 괴물》《우연의 음악》《공중 곡예사》 등이 있다.

52 수산나 타마로(1957~). 이탈리아 작가. 작가가 꿈이었던 그녀는 십 대 후반에 로마로 가서 시나리오 공부를 했고, 졸업 이후에는 이탈리아 국영방송사에서 동물 다큐멘터리 작가로 일했다. 그러면서 소설을 쓰기 시작했는데, 1989년 첫 소설 《구름 속의 머리*La testa fra le nuvole*》를 시작으로 많은 책을 발표했다. 현재 로마 인근에 위치한 시골 마을에서 개, 고양이와 살고 있으며 자신의 모든 책을 시골 도서관에 기증하고 신문과 텔레비전을 멀리한 채 집필에만 몰두하고 있다. 어린 시절의 경험을

담은 《마음 가는 대로》는 이탈리아 통일 150주년 도서목록에 포함되어 있다. 자서전인 《끔찍한 천사》는 매우 민감하고 수줍음을 많이 타며 귀염성이라곤 전혀 없었을 뿐만 아니라, 오빠와 부모로부터 사랑을 거의 받지 못했던 아이의 불행한 시절을 다루고 있다.

53 존 번사이드(1955~). 스코틀랜드 출신의 시인이자 소설가. 케임브리지 예술과학대학에서 영문학과 유럽어문학을 공부했고 1996년부터 본격적으로 작가의 길에 들어섰다. 1988년 첫 번째 시집 《더 후프*The Hoop*》 이후로 꾸준히 시집을 출간했다. 《검은 고양이의 뼈*Black Cat Bone*》로는 포워드 시상Forward Poetry Prize과 엘리엇상T. S. Eliot Prize을 동시에 받았다. 한편 그의 소설 《내 아버지에 대한 거짓말》에서 묘사된 아버지는 폭력적이고 알코올에 중독되고 자신의 삶에 대해 거짓말을 늘어놓는다. 이런 아버지의 모습은 그의 아버지(번사이드의 할아버지)로부터 영향을 받아 형성된 것이다. 이 책은 이러한 아버지 존재가 우리 삶에 자연적으로, 초자연적으로 재등장한다는 것을 자식으로서 받아들일 수밖에 없음을 보여준다.

54 프랑수아 를로르(1953~). 프랑스 정신과 의사이자 작가. 아동 자폐증 전문가였던 아버지의 뒤를 이어 1985년 의학박사, 정신과 전문의가 되었다. 2004년부터는 하노이, 호치민에서 일하고 있다. 그의 첫 소설 《꾸뻬 씨의 행복 여행》은 프랑스, 독일뿐만 아니라 여러 나라에서 대성공을 거두었다. 《꾸뻬 씨의 행복 여행》은 행복을 찾아 여행을 떠나

는 정신과 의사 꾸뻬 씨의 이야기다. 의사로서 성공한 꾸뻬 씨의 진료실에는 많은 것을 갖고 있으면서도 스스로 불행하다고 생각하는 사람들이 줄지어 찾아온다. 꾸뻬 씨는 그들뿐만 아니라 자신도 치료할 수 없다고 판단하여 진료실 문을 박차고 나와 행복의 비밀을 찾아 세계 여행을 떠난다. 꾸뻬 씨에 따르면 자기중심적인 집착에서 벗어나 자신을 진정으로 이해하고 세계와 올바른 소통을 나누려고 노력할 때 행복이 찾아온다.

55 리처드 루브(1949~). 미국 논픽션 작가이자 저널리스트. 대표작은 《자연에서 멀어진 아이들》이다. 여기서 그는 아이들과 자연 세계 간의 관계를 탐구했고 "자연 결핍 장애nature-deficit disorder"라는 개념을 설명한다. 그에 따르면 아이들이 자연 세계와 접촉하는 것을 방해하는 사회 구조가 아이들에게 부정적인 영향을 미쳐 주의 장애, 비만, 창의력 둔화, 우울증 등의 문제가 나타나므로 자연 결핍을 앓고 있는 아이들에게 자연 중심의 학교 개혁이 이루어져야 한다고 강조한다.

56 제이 그리피스(1965~). 영국 저널리스트이자 작가. 옥스퍼드 대학에서 영문학을 공부한 뒤에 세계 각지에 흩어져 있는 토착 공동체를 방문하여 많은 것을 배웠다. 비비씨 라디오 4BBC Radio 4, 월드 서비스World Service에서 근무했고 〈가디언〉 〈이컬러지스트〉에 칼럼을 기고했다. 2009년부터는 〈오리온〉의 고정 칼럼니스트로 활동하고 있다. 그의 저서 《시계 밖의 시간》은 과거와 미래가 어떻게 인식되고, 근대성의 속도가 자연의 시간을 어떻게 위협하며, 여성과 남성 그리고 어른과 어린이

의 시간이 어떻게 다른지를 보여준다. 원시의 자유를 몸소 경험했던 7년간의 기록을 담은 《땅 물 불 바람과 얼음의 여행자》에서는 아마존, 에스키모, 북극, 인도네시아, 호주, 몽골 등을 방랑하며 인류와 자연 사이에 존재하는 관계를 시적으로 고찰하고, 자연의 참혹한 현장을 증언한다.

57 로베르트 무질(1880~1942). 오스트리아 출신의 작가이자 비평가. 브륀 공과 대학에서 기계공학을 공부하다가 베를린 대학에서 논리학, 심리학을 연구했다. 이때 첫 소설 《생도 퇴를레스의 혼란》을 발표하면서 본격적으로 작가의 길로 들어섰다. 단편집 《화합Die Verreigungen》 《세 여인》 클라이스트Kleist상을 수상한 희곡 《열광자들Die Schwärmer》 등에 이어 《특성 없는 남자》를 발표했으나 나치 정권에 의해 판매가 금지되었다. 이후 스위스로 망명하여 《특성 없는 남자》를 완성하고자 했으나 질병과 생활고에 시달리다가 결국 완성하지 못하고 숨을 거두었다. 《특성 없는 남자》에서 말하는 현실 감각(특성 있는 아버지)과 가능성 감각(특성 없는 아들)은 서로 구분되면서도 대립적 관계가 아닌 상호 보완 관계다. 즉 가능성을 일깨우는 것은 다름 아닌 현실이고, 가능성은 아직 실현되지 않은 현실이며, 현실은 가능성이 실현된 상태다.

나 자신과 친구 되기

좋은 삶을 위한 내밀한 사귐

펴낸날 초판 1쇄 2019년 7월 15일

지은이 클레멘스 제드마크
옮긴이 전진만
펴낸이 김현태

책임편집 박하빈
디자인 차민지
마케팅 김하늘 이지혜

펴낸곳 책세상
주소 서울시 마포구 잔다리로 62-1, 3층(04031)
전화 02-704-1251(영업부), 02-3273-1334(편집부)
팩스 02-719-1258
이메일 bkworld11@gmail.com
광고·제휴 문의 bkworldpub@naver.com

홈페이지 chaeksesang.com
페이스북 /chaeksesang **트위터** @chaeksesang
인스타그램 @chaeksesang **네이버포스트** bkworldpub

등록 1975. 5. 21. 제1-517호

ISBN 979-11-5931-368-4 (03850)

- 잘못되거나 파손된 책은 구입하신 서점에서 교환해드립니다.
- 책값은 뒤표지에 있습니다.

이 도서의 국립중앙도서관 출판시도서목록(CIP)은 서지정보유통지원시스템 홈페이지 (http://seoji.nl.go.kr)와 국가자료공동목록시스템(http://www.nl.go.kr/kolisnet)에서 이용하실 수 있습니다.(CIP제어번호 : CIP2019024501)